ONDJAKI
O LIVRO DO DESLEMBRAMENTO

Rio de Janeiro • 2022

Copyright © 2022
Ondjaki

Editoras
Cristina Fernandes Warth
Mariana Warth

Coordenação de design e de produção
Daniel Viana

Assistente editorial
Daniella Riet

Capa
António Jorge Gonçalves

Revisão
BR75 | Clarisse Cintra

Esta edição mantém a grafia do texto original, adaptado ao novo Acordo Ortográfico da Língua Portuguesa, com preferência à grafia angolana nas situações em que se admite dupla grafia e preservando-se o texto original nos casos omissos.

Todos os direitos reservados à Pallas Editora e Distribuidora Ltda.
É vetada a reprodução por qualquer meio mecânico, eletrônico, xerográfico etc., sem a permissão por escrito da editora, de parte ou totalidade do material escrito.

CIP-BRASIL. CATALOGAÇÃO NA PUBLICAÇÃO
SINDICATO NACIONAL DOS EDITORES DE LIVROS, RJ

O66L

    Ondjaki, 1977
      O livro do deslembramento / Ondjaki. - 1. ed. - Rio de Janeiro: Pallas, 2022.
    224 p.; 21 cm.

    ISBN 978-65-5602-064-8

    1. Romance angolano. I. Título.

22-78817   CDD: 869.899673
                      CDU: 82-31(673)

Gabriela Faray Ferreira Lopes - Bibliotecária - CRB-7/6643

Pallas Editora e Distribuidora Ltda.
Rua Frederico de Albuquerque, 56 – Higienópolis
cep 21050-840 – Rio de Janeiro – RJ
Tel.: 21 2270-0186
www.pallaseditora.com.br | pallas@pallaseditora.com.br

*ainda: para a tia Rosa;
tio Victor; Avó Agnette.*

a avó Nhé é que tinha razão: contar.
o mais importante era contar.
e o tio Victor também: viver. o importantíssimo era viver,
e rir: que era viver de novo.

era um bar pequeno, ali no Makulusu, onde sempre aos sábados o tio Chico ia buscar o gelo;
muitas vezes só havia gelo
e um bocado de conversa.

o camarada atrás do balcão estava sempre muito maldisposto, mexia-se devagar, nunca tinha comida para acompanhar as cervejas bem geladas, ia lá dentro, entrava num quartinho pequeno com cheiros muito antigos, e mudava a botija
aquela botija que dava gás à cerveja de barril
o tio Chico pedia duas cervejas, uma para ele e uma para a tia Rosa, uma gasosa para mim, mas já sabíamos que o camarada ia dizer que não tinha chegado gasosa, eu ia beber um sumo *tang* de pacote, ainda por cima todo aguado e nem havia gelo para disfarçar na temperatura

— e açúcar?
— ainda
— ainda quê?
— ainda não chegou
o Hugo então chegava
ele tinha uma voz muito grossa e era muito grande, mas nenhuma criança tinha medo dele, parecia um gigante simpático e coçava sempre os bigodes devagarosamente
depois chegava o Mogofores e a mulher
o Mogofores tinha esse nome esquisito que eu até nunca perguntei quem lhe tinha castigado assim, e tinha uma mulher muito feia, que tinha vindo de Portugal e trocava algumas letras das palavras
na minha escola quando contei ninguém acreditou, mas em vez de vaca ela dizia "baca", e ainda dizia "dibertido" e "sobaco"
mas há uma palavra que ela dizia sempre e eu tinha que fingir que estava a rir de outra coisa: a mulher do Mogofores dizia "iágua" quando queria beber água
todos riam a disfarçar, um bocadinho, menos o Mogofores
é normal, o Mogofores não podia rir da mulher dele e tinha uns olhos tristes e sempre escuros, aquilo que os mais velhos chamam de olheiras
assim era que o Mogofores devia dormir mal à noite, porque a mulher dele, além de dizer "iágua" ressonava como se fosse uma baleia com motor de *range-rover*
uma noite, no Mussulo, todos acordámos só para rirmos juntos daquele barulho assim tão grande: a mulher

do Mogofores, mesmo assim que lhe puseram no quarto lá do fundo, conseguia ressonar de um modo que a porta de madeira do tio Chico e o espelho estremeciam cada trinta segundos da respiração dela

— uma berdadeira valeia!

o tio Chico é que gozava

a mesa começava a ficar animada quando no bar pequeno chegava o senhor Osório

— traga mais cadeiras, camarada

sabíamos pelo barulho do *opel* dele, um carro daqueles de pôr mudança assim perto do volante, tipo alavanca inclinada

era um *opel record* amarelo e bem sujo, funcionava a gasóleo e era preciso esperar a luz amarela acender antes de dar arranque

— chegou o calças-no-sovaco

o tio Chico dizia

todos riam, menos o Mogofores

o Osório chegava com o riso dele sempre pendurado na boca, os óculos muito grandes a escorregarem num calor de fim de tarde, as calças muito puxadas para cima, quase a baterem nos sovacos

e antes de sentar ainda puxava um bocadinho mais

— há gasosa?

— ainda

ainda podia chegar o Lima com os olhos muito vermelhos, os lábios muito inchados

o Lima trazia uma pasta castanha muito gasta presa em baixo do sovaco, e tanto a camisa dele como a pasta estavam sempre molhadas de suor tinha no bolso da camisa um lenço verde para limpar a testa mas não adiantava, o Lima suava com vontade já a pedir cerveja e torresmos

— camarada, tem torresmos?

— ainda

se calhar ia aparecer um pires com pipocas oleosas e antigas ou mesmo uns fritos tipo pastel de bacalhau mas sem sabor a bacalhau

o tio gostava daquele bar porque aquele camarada guardava sempre um barril para o tio Chico e esse barril estava sempre "bem geladíssimo", como dizia o Hugo

faziam um silêncio no meio da conversa

alguém ia me pedir para eu contar uma anedota, mas eu tava fraco, queria mesmo era uma gasosa

um jacó atrás do balcão disse muito alto, "tou certo ou tou errado?", e todos assustaram porque a voz era igualita à do Zeca Diabo

riram, o silêncio voltou

a mulher do Mogofores arrotou como se fosse o maior homem da mesa e até o jacó se assustou

o Mogorofes ficou um bocadinho envergonhado, mas não disse nada, bebeu o resto da cerveja quente dele

o Hugo olhou para mim

— querias gasosa, né?

— sim

— não queres esta cerveja bem geladíssima?

— não gosto

— a gasosa deve estar a chegar

— ainda

todos riram, não entendi porquê

a tia Rosa puxou o meu corpo para o dela e eu deixei-me estar assim meio adormecido no meio daquele ruído de risos e vozes

olhei cada um daqueles mais-velhos, reparei nas roupas e nas caras deles, nas mãos e nos anéis, nas vozes e nos olhares, a mulher do Mogofores arrotou mais uma vez, o Mogofores pegou na chave do carro dele e começou a despedir as pessoas, o jacó imitou a fala do professor Astromar Junqueira: "posso penetrar?"

o tio Chico olhou para a tia Rosa e começou a cantar

— *não venhas tarde... dizes-me tu com carinho...*

ela deu-lhe um muxoxo bem alto e demorado, mas ele continuou

— *sem nunca fazer alarde, do que me pedes baixinho...*

enquanto se despedia com uma mão, com a outra mão a mulher do Mogofores atacava o pires das pipocas oleosas e chupava os dedos para aproveitar bem todas as gotas de gordura

o tio Chico esfregou a mão na barriga dele

o Hugo coçou o bigode a não ver que eu tinha visto restos de espuma branca presos do lado esquerdo

a tia Rosa me segurava a fazer movimentos assim invisíveis que só eu sentia, parecia que estava a apertar melhor um cinto de segurança

passeavam muitos suores no ar

do camarada do bar, de nós, das pessoas que passavam na rua, menos do senhor Osório, o senhor Osório nunca cheirava a nenhum cheiro a não ser a água do colono que ele punha todos os dias e a toda a hora, até antes de ele chegar num lugar já sabíamos que era ele, com o cheiro todo espalhado pelas bochechas, pescoço e as calças todas puxadas para cima com medo que fossem cair

as árvores não queriam estremecer de nenhum vento

o jacó ainda parecia que ia assobiar mais, só que de repente — adormeceu, ainda um dia alguém ia inventar uma estória a dizer que era um jacó cheio de sono que bocejava enquanto sonhava.

em Luanda, cadavez uma pessoa não sabe passar um dia só sem inventar uma estória.

*era pequenino, eu, quando fui à escola pela primeira vez;
ainda nem sabia andar de bicicleta, vestia uns calções azuis
e sandálias de tiras quase a rebentar.*

era uma manhã bonita com andorinhas na casa da tia Iracema
mas eu estava triste
nos últimos dias falaram-me muito sobre a escola, para eu não ter medo, mas as coisas do medo não desfuncionam só assim com modos de falar.

— quem não vai à escola fica maluco
eu dizia à minha mãe
enquanto saía do banho na noite anterior
— e os malucos comem no contentor do lixo
a minha mãe me enxugava o corpo com as mãos da ternura dela, o meu pai era mais direto a falar nesse assunto
— amanhã, depois do matabicho, vais à escola!
parece que as mães sabem umas coisas dos filhos que os pais não sabem, eu nunca tinha ido à creche,

berrava desde de manhã até ao fim da tarde, e a minha mãe não gostava de me encontrar assim com os olhos vermelhos e inchados

até ao dia que a camarada diretora da creche pediu à minha mãe para não me levar mais lá

a minha creche foi na casa da tia Rosa, com a gaiola das rolas, o quintal cheio de cerveja e a música do Roberto Carlos durante a tarde, mas a escola já era outra coisa

a minha mãe ficou a olhar para mim enquanto o meu pai falava

— é tão perto que podes ir sozinho

— se é tão perto, então podes me levar

ele disse que sim

nessa noite não gostei muito de ver a telenovela e só queria fazer muitas perguntas

— mas quantas horas é que fico lá?

a mana Tchi que já estava na escola há um ano ia respondendo a tudo assim a rir e a olhar para a minha mãe antes de responder

— os meus amigos também vão estar nessa tal de sala de aulas?

a minha mãe disse que achava que sim, que alguns da minha rua, da mesma idade, também poderiam aparecer lá, de manhã

no dia seguinte o meu pai acordou-me para eu ir matabichar com ele, a minha mãe ficou lá em cima a fazer outras coisas, cadavez eu ficava mais triste e com vontade de chorar, afinal já não me apetecia nada ir à escola

— pai, mas todos mesmo que não vão à escola ficam malucos, ou só alguns poucos?

o meu pai apontou para o pão que eu quase não tinha comido ainda

— tens de ir à escola, filho, para aprenderes muitas coisas

ele tomava o leite dele muito quente com café a escurecer essa mistura bem cheirosa

olhei o abacateiro, que bonito: o corpo dele tinha uns desenhos que pareciam uns rios só que sem água ou então pareciam as mãos enrugadinhas da avó Chica

o meu pai olhou as horas

— vamos?

— mas ainda nem fiz xixi

ele ficou à espera, ali, na porta aberta da casa de banho

fiz um xixi vagaroso mas não dava para demorar mais porque já tinha feito de manhã cedo, sacudi a pilinha para não sujar a cueca

— vamos, filho

— não vou dar um beijinho à mãe?

— a mãe tá ocupada lá em cima

— a mana Tchi não quer vir connosco?

— a Tchissola estuda à tarde

já não tinha mais coisas para falar

lembro do barulho bonito das andorinhas enquanto eu tive que atravessar a varanda e o jardim, de mãos dadas com o meu pai, nunca aquele bocado de caminho me custou tanto, olhei para dentro de casa e o corredor estava escuro, mas ainda vi, assim meio escondidas, a minha mãe e a mana Tchi o pai fechou o portão pequeno, a escola era ali mesmo em frente de casa e até podia entrar por um buraco no meio das trepadeiras

mas ele disse que tínhamos de entrar pelo portão principal

chegámos lá

distraí-me um bocado com as vozes de tantas crianças a falar tanto logo de manhã, eram crianças contentes

vi o tio Dibala de mãos dadas com o Kiesse, a tia Dina com o Helder, os outros miúdos eu não conhecia mas pareciam alegres com essa coisa do primeiro dia de aulas

pensei que a escola era um lugar com tantas cores e muita gritaria

o tempo passou um bocadinho

alguns miúdos, pequeninos, começaram a chorar quando os pais deles foram embora, as meninas não choravam tanto

o meu pai quis ver-me a entrar na sala de aulas, cumprimentou uma senhora e ainda veio falar comigo

— esta é a camarada Ana Maria, vai ser a tua professora, porta-te bem

ela deu-me a mão, a mão dela estava fria

ou então era a minha, chamei o meu pai para lhe dar um beijinho, falei bem baixinho

— pai... não quero ficar aqui, posso ir contigo para casa?

— não, filho — ele falou devagarinho — tens de ficar aqui, as aulas acabam às 10 horas, depois vais para casa e encontras a Tchissola, a mãe e o camarada António

fiquei a olhar o pátio quase vazio

o meu pai ia a fumar e saiu pelo portão principal, a tal camarada professora ficou a falar muito tempo com uma camarada professora que se chamava Berta

só depois entrámos na sala de aulas

vi todos quietinhos e sentados, a camarada professora sentou-me numa carteira no primeiro lugar da fila

passados cinco minutos, levantei-me e fui falar com ela

— camarada professora, posso ir fazer xixi?

a camarada professora fez que sim com a cabeça e continuou a escrever no quadro com um giz amarelo, devagar

peguei na minha mochila e saí da sala

o pátio estava muito vazio e, na areia toda desarrumada, havia mil pegadas de mil sapatos pequeninos mais os sapatos dos pais e das mães de todas as crianças

cheirava a de manhã

passei pelo buraco das trepadeiras, vi a minha casa, atravessei a rua devagar, cumprimentei um Fapla da casa da tia Mambo e vi que o carro do meu pai já não estava ali, o portão pequeno estava aberto, entrei e sentei-me nas escadas da varanda

— ó filho — a minha mãe chegou e sentou-se perto de mim — então não foste à escola?

— fui

— mas não ficaste lá

— não

pensei um bocadinho, tirei a mochila das costas

olhei para a relva mas não vi nenhum caracol nem só um gafanhoto, havia, sim, alguma poeira nas folhas da trepadeira

não sabia o que dizer
— a camarada professora deixou-te sair mais cedo, filho?
— sim, mãe, foi isso mesmo
o meu pai já tinha ido trabalhar, o camarada António veio espreitar a conversa, a mana Tchi chegou e sentou-se ali connosco a olhar as pessoas que passavam na nossa rua
a dona Maria limpava o passeio, a avó Leocádia se calhar ia à missa, a Ndahafa ia dar aulas
não havia barulho bom de andorinhas
— tás a pensar em quê? — a Tchi perguntou
— que as andorinhas são como o papá, já foram trabalhar.

a minha mãe riu, o camarada António também
o mundo cheirava a de manhã cedo.

a pessoa comer sozinha, é uma coisa;
a pessoa comer com mais pessoas, é outra coisa: é melhor [...].

[dos pensamentos do Papí]

era que isso de visitar à noite
podiam ser várias pessoas
de acompanhadas, só se fosse família ou grupo que tivesse mesmo calhado de chegar ao mesmo tempo
de sozinhos, podiam ser os principais, mas não ao mesmo tempo: o Abranches, também conhecido como Ton-ton; o Pimpó, que tocava a campainha como se tivesse pressa; e o Ndunduma, que não tinha pressa e dizia umas piadas que só ele e o meu pai é que entendiam
sobretudo só ele.

a hora era aquela de quase jantar
às vezes já podíamos ter posto a mesa, como éramos três crianças, uma normalmente ia pôr a mesa ou pelo menos ajudar, quem não tivesse feito nada antes do jantar ficava com a missão mais chata: tirar a mesa; "dar um jeito" na cozinha; ir lá fora sacudir a toalha, mesmo

assim, quando era a minha vez de fazer essas coisas, a mana Tchi sempre me ajudava

a mana Tchi tinha mais jeito que eu para arrumar a cozinha, isso é mesmo verdade, não é desculpa, todo mundo sabe que a mana Tchi sabe arrumar qualquer cozinha e descobrir sítios para guardar tudo

a hora, essa, quase de já estarmos à mesa a jantar, alguém podia então tocar a campainha, era só afastar a cortina da sala, já se via quem seria

barba branca, óculos, tosse: era o Abranches, mais conhecido por Ton-ton

cara muito escura, barba ou bigode às vezes, a rir muito, a falar alto, rápido, quase a gaguejar: era o Pimpó

mais baixinho, de roupas assim tipo das revistas, barba também, às vezes óculos, voz quase tipo das cavernas (mas não tão grossa quanto a do tio Lúcio), a querer rir e a perguntar logo pela Tchissola que era a criança preferida dele: Ndunduma, que o nome dele era mesmo Costa Andrade, mas lhe conhecemos assim de "tio Ndunduma"

— quem é?

a mãe perguntou

— é o tio Ndunduma

eu tinha visto sem afastar a cortina da janela grande da sala

— tá quase na hora do jantar

a mana Yala falou, assim mesmo para saber se punha já mais um prato na mesa

— sim, não há maka, vai abrir a porta, filho

a mãe foi para a cozinha aquecer a comida

— "vou virar... computador basíc..."
imitei a voz do Ndunduma
o meu pai riu
essa era a frase do Ndunduma quando ia embora da minha casa, essa ou outra, mas principalmente essa, nunca que ele esquecia
às vezes eu penso que ele pensava que se não dissesse essa frase dele esquisita, a porta de casa não se abria
desci os três degraus da varanda, antes de chegar com a chave na fechadura, o Ndunduma já tinha falado
— então, a Tchissola está em casa?
— boa noite, camarada Costa Andrade
eu brinquei
abri o portão, ele apertou-me a mão com força demais
— boa noite, camarada Ndalu, então agora já não sou o tio Ndunduma, virei camarada Costa Andrade?
fechei a porta devagar
a minha vontade era dizer viraste camarada-primeiro-
-diz-se-boa-noite-antes-de-perguntar-se-a-Tchissola-está-em-casa, mas ficou só um pensamento na minha cabeça
— a Tchissola está em casa, sim, o pai também, a mãe também, a Yala também
entrámos na sala, o Ndunduma cumprimentou o meu pai, perguntou pela minha mãe, mas os olhos dele procuravam mesmo era a mana Tchi
a mãe veio da cozinha, o pano no ombro dela, tinha as mãos molhadas
— camarada Njolela
o Ndunduma brincou, ninguém lhe chamava esse nome, para dizer a verdade eu não gostei que ele usasse

esse nome pois quem usa esse nome para falar com a minha mãe era o tio Paulo Jorge

— camarada Uelépi — a minha mãe olhou com ar estranho para as roupas do Ndunduma — alto estilo! — disse, mas com ar de gozo que só os da minha casa podiam entender

— gostas?

ele já quase a dar meia volta para apreciarmos a roupa e os sapatos

— não, por acaso não gosto muito da combinação de cores; tu que pintas devias ter melhor noção das cores

— como assim? — o Ndunduma bem espantado só — é tal e qual como vinha na revista

— se calhar é por isso que não gosto

a mana Tchi desceu as escadas, o Ndunduma nem defendeu mais o estilo dele das roupas que ele comprava na revista e isso que ele disse, "tal e qual", quer dizer que ele tinha visto uma foto do modelo da revista e ele escolhia e vestia mesmo igualzinho como na foto, mesmo que fosse amarelo misturado com verde seco e castanho de brilhos que não combinavam

os olhos dele só olhavam a mana Tchi

— minha querida, tudo bem?

— tudo bem, tio

a Tchi olhou para mim com um riso que era também de código

— e a escola?

— sim, tudo bem

— tu já estás no pré-universitário?

— no quem?
eu interrompi
— ainda não, tio
a Tchi respondeu com mais riso escondido
às vezes eu penso que o Ndunduma andava avançado no tempo da cabeça dele, a mim sempre perguntava se eu já estava na sétima classe, eu dizia que ainda não, que ainda faltava muito e ele dizia que não podia ser, que estava convencido de que eu já tinha feito os exames da sexta-classe, e o mesmo com a Tchissola, sempre a querer que ele já estivesse no PUNIV, que ele chamava, não sei porquê, de pré-universitário, quando a Tchissola já lhe tinha dito pelo menos mil quinhentas e trinta e sete vezes que ela não ia estudar no PUNIV, porque pensava estudar uma outra coisa
— qual outra coisa?
ele queria sempre falar das escolas como se nós, naquela idade, já soubéssemos o que íamos estudar
— ainda não sei, tio
a Tchissola respondia delicadamente, se fosse eu já teria masé mudado de assunto
a mãe veio dizer que não era preciso tomarem nenhum aperitivo porque a comida já estava na mesa
— comes connosco, Ndunduma?
a mãe fez a pergunta mais importante da noite
o pai desligou a televisão, olhou para ele
a mana Yala ia subir o degrau da outra sala e parou para olhar para ele, a mana Tchi levantou-se, endireitou a roupa, esperou

eu ia passar, mas como a Tchi tava parada, tive que esperar também, a minha mãe na outra sala, com o corpo perto da mesa, esperava uma resposta

e o Ndunduma disse o que disse pela primeira vez nessa noite:

— não; comer, não, mas faço-vos companhia

fomos sentar

ao lado direito da mãe, demos lugar ao Ndunduma, também conhecido como Costa Andrade, mas só se fosse uma coisa assim mesmo oficial, que falassem dele no jornal ou na televisão, também já tinha visto escrito num livro dele *Ndunduma Uelépi*, ali em casa era só tio Ndunduma

todo mundo se serviu, o Ndunduma olhava muito para os pratos, principalmente para o prato da minha mãe, havia arroz branco e uma carne com bom molho, havia pão e pouca manteiga na mesa

— de certeza que não queres nada?

a minha mãe ainda insistiu

— tou bem, obrigado, aceito só uma cerveja

fui buscar, bem gelada, que tinhamos posto no congelador um bocado antes do jantar, um bocado antes dele chegar

— Ndalu! — a minha mãe falou lá da mesa — traz já um pires para o Ndunduma, pode ser que ele mude de ideias

a voz da mãe tinha um tom qualquer que eu não soube bem qual era porque eu precisaria de ter visto os olhos dela para entender que tipo de código era

— mãe?

— traz um pires ou mesmo um prato para o Ndunduma, embora ele diga...
— não é preciso, a sério, quero só varrer uma cervejinha

cheguei com a cerveja e o copo dele, olhei para a minha mãe

vendo os olhos, vi: os olhos dela riam, só os olhos
— só mesmo uma cerveja?

ela levantou as sobrancelhas a brincar, mas só eu vi
— sim, sim

o Ndunduma abriu a cerveja, bebeu, continuou a olhar para os pratos que tinham mais molho e mais carne

todos se serviram, arroz branco, carne e o molho em cima do arroz, para quem gosta, para mim é tudo separado, a minha mãe já sabe e nunca me obriga a pôr o molho sobre o arroz

ainda o pior, coitado, é que o prato fundo com a carne e o molho estava mesmo estacionado à frente dos olhos do Ndunduma, a minha mãe a servir-me, o barulho do molho, a colher a entrar e a voltar a sair, os movimentos da carne, os molhos do molho, tudo à frente da cara do Ndunduma

a boca dele já um pouco aberta
— serve-te lá e come qualquer coisa, Ndunduma
o meu pai lhe disse

a mana Tchi parou antes de pôr a garfada de arroz na boca, a Yala ia beber água, mas também não bebeu, eu olhei para a minha mãe, à espera de uma ordem para ir à cozinha buscar um prato e os talheres para o camarada

Costa Andrade, o meu pai levantou os olhos na direção dele para ouvir uma resposta, a minha mãe virou-se para o lado direito, a mastigar bem devagar

— acho que estou bem...

a voz dele mais fraca, o olhar preso no molho do prato da minha mãe

o cheiro da carne era maravilhoso

já tinha cheirado antes, a vir da cozinha, quando a minha mãe foi aquecer, acho que era do tempero e do alho a ser reaquecido, toda a casa cheirava a bife, o arroz, branquinho, tinha aquela folha de louro que não era para se comer mas que dava um gosto incrível, o pão tinha sido comprado ao fim da tarde, ainda veio quente para a mesa, quem quisesse podia pôr um bocadinho de manteiga mas só numa fatia, uma mesmo, porque a manteiga era pouca e era só para de manhã

o Ndunduma bebeu mais um pouco da cerveja, recomeçámos a comer

quem quisesse repetia, o arroz tava quase a acabar, eu tinha acabado de me servir de novo, de arroz, que o arroz podia-se repetir à vontade, a Tchi pediu um bocadinho também, no prato da minha mãe só havia já carne e bastante molho

e foi então

foi quando ela pegou num pedacinho de pão, que o camarada Ndunduma decidiu fazer a mesma coisa

a mão dele lenta, na direção do cesto do pão, mas a tremer devagarinho, como uma criança a gamar chocolate, pegou no pão, partiu um pedacinho com a mão, e ficou assim pendurado, com o pão no ar, sem saber o que fazer

mas ele sabia o que queria fazer

— posso molhar um bocadinho?

parámos todos de novo, até a mana Yala parou para olhar primeiro para o Ndunduma e depois para a minha mãe

a pergunta era para ela

— aonde?

os olhos da minha mãe ja estavam a rir, e muito, logo a seguir seria a boca toda

— no teu prato

o Ndunduma disse com os olhos todos abertos, a voz estranha, gulosa, como na estória do lobo mau

assim que ele disse "no teu prato", não conseguiu esperar a resposta

a mão dele, rápida, aterrou no prato da minha mãe, o pedaço de pão foi encharcado de molho, e não foi só um bocadinho, molhou mesmo bem, parecia que estava a comer na casa dele, no prato dele

a primeira gargalhada foi da minha mãe

a mana Yala, pequenina, abriu muito a boca mas por sorte acho que não tinha lá comida, o pai pousou os talheres para poder rir melhor

o problema foi que eu e a mana Tchi tínhamos arroz na boca e o Ndunduma com o pão todo encharcado a ir para a boca dele, a mão com pressa, o bigode desarrumado, os dedos quase lá dentro, a mastigar, a respirar, quase de olhos fechados, que aquilo devia estar a saber--lhe muito bem, e eu acho normal, porque a carne e o molho estavam mesmo deliciosos

o Ndunduma a mastigar o pão todo encharcado pelo molho que estava no prato da minha mãe, ainda falou assim devagar, virado para mim e a para a mana Tchi

— vocês estão-se a rir de mim...

aí rebentámos nessa gargalhada que já ninguém podia disfarçar

a Tchi soprou um cuspe de vento com arroz branco que foi até ao outro lado da mesa, no prato da Yala, eu pus a mão na boca para tentar travar a mistura de arroz e sumo que me saía da boca, mas desconsegui, tive que me levantar à pressa com o sumo a des-sair pelas narinas, ir à casa de banho a ver se me controlava de não engasgar por completo

cada riso de um aumentava o riso dos outros

quando voltei à sala, os olhos de todos ainda brilhavam de lágrimas de riso, a minha mãe disse então

— traz um prato para o tio Ndunduma, ainda há aqui carne, molho e pão para ele saborear em condições

— mas se calhar...

ele tentou

— deixa-te lá de truques, Ndunduma, já tinha te perguntado mais de 30 vezes, se queres comer, come à vontade, mas não precisas de molhar no meu prato que eu não gosto disso

o Ndunduma, mesmo, já tinha outro pedaço de pão na mão, ainda seco, mas preparado para mirar no molho do prato da minha mãe

— então, espero já pelo...

— sim, esperas pelo prato, para molhares o teu pão no teu molho!

aquilo era brincadeira, mas a minha mãe fingia que era a sério

trouxe o prato, os talheres, mais pão

— obrigado — ele disse, mas nem ligou aos talheres, serviu-se logo de carne e um monte de molho, e começou logo a ensopar o pão no molho — isto afinal está mesmo muito bom!

— e sendo no teu próprio prato, fica ainda melhor

a minha mãe piscou-me o olho

de vez em quando alguém lembrava ainda dele a perguntar se estávamos a rir dele, ríamos um bocadinho mais, só a trocar olhares, eu e a mana Tchi, a mana Yala, a mãe também

o pai mais calado

mas mesmo assim depois mandou uma que quase íamos rir com força também, foi já no fim, quando o Ndunduma acabou todo o pão que havia no cesto

— afinal tavas com apetite!

o meu pai riu devagarinho a olhar para ele

— acho que foi a cerveja que me abriu o apetite

Ndunduma olhava para a garrafa vazia

— mas não faças essa cara que já não há mais

a minha mãe lhe avisou

passados muitos dias é que demos conta do verbo

não sei quanto tempo já tinha passado, pode ser numa noite em que em vez do Ndunduma, quem tocou a campainha foi o Ton-ton, ou mesmo o Pimpó

mas deve ter sido o Abranches, mais conhecido por Ton-ton, porque o Pimpó não era de dizer que não tinha sede ou fome, pelo contrário, dizia mesmo, sobretudo no campo da bebida o Pimpó era um dos mais perigosos

a minha mãe tinha que lhe dizer para ele parar de beber, que já era hora do jantar, e mesmo quando a minha mãe fosse à cozinha tinha que levar a garrafa porque senão ele se servia mesmo às escondidas

deve ter sido o Ton-ton que chegou àquela hora, um pouco antes de irmos para a mesa e tomou um aperitivo com o meu pai e sentiu o cheiro da comida e foi convidado para se sentar connosco

— não estou com muito apetite, mas faço-vos companhia — disse o Ton-ton

eu parei a olhar para a Tchi que olhou para a minha mãe que buscou o olhar do meu pai que estava de mãos dadas com a Yala para irmos para a mesa

parámos todos

o Ton-ton não entendeu nem sabia o que fazer, ficou à espera

a mãe disse baixinho, bem baixinho, só para os da minha casa:

— outro que vai Ndundumar no meu prato hoje

sentámo-nos à mesa, o Ton-ton sentado ao lado direito da minha mãe

— Ndalu, vai buscar um prato e os talheres para o Abranches comer no próprio prato dele

a minha mãe me disse com voz de ordem

— Sita, se calhar não é preciso

o Ton-ton já a olhar para o cesto do pão

— é preciso, sim, eu é que sei o que acontece daqui a pouco lá pras bandas do Lépi...

eu trouxe o prato, os talheres, a bebida dele

o Abranches tossiu um bocado, depois parou, serviu-se e começou a comer normalmente

ninguém não conseguia não se lembrar do Ndunduma, naquela mesma cadeira, uns dias atrás
— Lépi é a terra do Ndunduma
o Ton-ton comentou só assim para fazer assunto
— é, sim — a minha mãe tinha um riso na voz — a terra é essa; o verbo é que é outro...

depois do jantar ainda íamos poder ver um bocadinho de televisão enquanto os mais-velhos fumavam ali na sala ou lá fora na varanda, o Abranches ia tossir, a tosse dele era diferente, só dele

a minha mãe, apesar dessas brincadeiras todas de rir com os olhos e com a voz dela, já nos tinha explicado que era preciso sempre tratar bem e ter paciência com as pessoas que apareciam na nossa casa mesmo e exatamente um bocadinho antes da hora do jantar, isso não tinha problema nenhum, já estávamos habituados

alguns eram mesmo de vir aproveitar de comer na casa dos outros, mas também esses, por exemplo, Abranches, Pimpó e mesmo o Ndunduma, viviam sozinhos e eu penso que se calhar não queriam estar a jantar sozinhos na casa deles sem ninguém para lhes fazer companhia à mesa

depois do jantar os mais-velhos estavam na varanda, fui me despedir
— até amanhã a todos — dei beijinho à mãe, ao pai — "vou virar computador basíc..."

a dica era do camarada Costa Andrade, mais conhecido por Ndunduma, durante anos eu não tinha entendido, cheguei até a pensar que era uma maneira normal de uma pessoa se despedir, embora eu soubesse que essa maneira de despedir só fosse usada por ele

um dia é que tive que perguntar ao meu pai

— mas o Ndunduma diz isso de virar computador basíc, porquê?

— é uma piada seca, filho, ele diz isso para dizer "vou bazar".

fomos nos deitar, eu e a mana Tchi

os mais-velhos estavam a fumar na varanda, os mosquitos a lhes fazerem companhia

o fumo a voar dos dedos e da boca deles e do cinzeiro também

mas o Ndunduma não estava lá.

mas assim mesmo e de vez em quando?
saudade só, de pura: a correria nos pés, a poeira de arrastar
o olhar e ir visitar essas tardes em estado de antigamente.

era a poeira a arrastar o olhar de ir visitar a tarde em estado de intervalo
saudade só; de pura: a correria nos pés... cada brincadeira? o nosso mundo em jogo e risco.

cada um era um cada qual
as próprias pernas de correr e aguentar; o risco era de ir e voltar sem a camarada professora dar conta de saber ou de ralhar
o suor na camisa de cada um, sovaco dele, sua catinga
missão era a essa, de ir roubar gajajas na horta abandonada da tia Mambo, cada quem podia ainda acrescentar no risco de atirar pedras na outra casa dos fundos, a ver se acertava vidro; esconder-se entre as bananeiras e, de dentro, ser um das trincheiras: nós éramos das "jajas" que disparavam grampos de fazer arder na pele, as moças que passavam iam pensar era picada de abelha

mas três vezes na mesma perna? devíamos ter desconfiado

o abuso nos disparos é que nos azarou, devia faltar só pouco tempo para o sino, estávamos perto, de quase uma breve corrida de volta, as meninas tinham ido lanchar, bem comportadas, outras eram de jogar, mas perto sempre

nós, de aventura, a passar nos arbustos; atravessar a horta; esse ir mijar

os bolsos já tínhamos cheios de gajajas, algumas comidas, outras para depois, fim de tarde, as últimas conversas estigadas e os olhos a quererem adivinhar o pôr-do-sol

agachados, já tínhamos também mijado

os guardas nem tinham nos visto: a horta era nossa, território de deixar mesmo pegadas que tínhamos estado ali, a folha grande da bananeira nos protegia desse sol das quatro horas, os minutos queriam só passar

o Kiesse é que falou

— ché, vamos vuzar essa kota!

de passo lento a saborear a tarde a senhora vinha, a bíblia dela no sovaco, ainda rimos quando alguém falou

— está a apertar deus na catinga dela

os três já com os grampos prontos na boca, dois debaixo da língua, um em cima, tirámos as jajas do bolso, o grampo em prontidão de mira, esticámos de apontar na vítima

deve ser o sol não nos deixou ver bem

nem a roupa nem a cara dela, só os pés, as apetecidas pernas, o Kiesse é que falou

— aqui vai ser de ao-mesmo-tempo, é tipo bombardeamento; como é que se diz assim do grupo das abelhas?

— é enxame, seu burro!

o Bruno devolveu a quase rir

— preparar... um... dois... três!

aquela brincadeira? de antiga, era sempre o nosso mundo em risco

o que não nos salvou foram as gargalhadas: a senhora bungulou um salto melhor que dos filmes, a bíblia lhe saltou do sovaco para o chão mas!, a rapidez dela é que nos encontrou de surpresa: uma mão raspava na perna de aliviar os lugares da dor; a outra fazia gesto de apanhar a bíblia para sacudir as poeiras

o olhar dela é que era

uma vez para o lado dos carros, onde também às vezes nos escondíamos; e outra vez, de nos ver mesmo: na direção da horta, e o sol todo brilhante parecia era uma gritaria a nos queixar

de tremer, de nervosismo ou de coragem, o Bruno é que riu, saiu de correria a pensar nas reguadas que a camarada professora já estava a preparar, correu, a tropeçar sem queda no riso e nos ruídos dos passos dele velozes

o Kiesse, de ver que a senhora se aproximava, não ria mais; corria só

e eu, que sabia daquela cara, o vestido, o hábito, a igreja e a bíblia, tremi só, a não correr, a nem nada não fazer

era a avó Leocádia, a mão dela no meu braço mas, de pior!, só o olhar

— então o que estão aí a fazer escondidos? hum?

uma mão dela ainda no alívio de querer consolar a perna, o lugar da pequena ferida, três grampos velozes, acerteiros

nunca que íamos mais conseguir de repetir o triplo tiro e nem nunca iam nos acreditar mesmo de ser verdade

— avó, estou só atrasado na aula... viemos só fazer xixi

— na horta da tia Mambo?

o olhar dela a passar pelas minhas mãos a tremerem de poeira, o cheiro ainda do xixi nos dedos descuidados da mão, o joelho suado, sujo

— ahn?

o olhar dela a passear no meu corpo, as mãos, as meias, o bolso da camisa, assim de detetar onde eu tinha escondido a minha jaja, os olhos dela me culpavam mas era preciso encontrar a cuja arma

— vieram roubar mangas?

a mão nem que largava só o meu braço, eu olhava a direção do chão, a bíblia com poeira de ter caído, olhei a perna atingida pelos três grampos

e os dois grampos no debaixo da minha língua

— não, avó, nós somos da equipa da gajaja...

— equipa da gajaja? que termos são esses?

o corpo se aproximou

a avó Leocádia tinha vindo a caminhar de longe, desde a igreja, cheirava a um resto assim de perfume com a catinga dela e a bíblia também, a mão veio certeira no meu bolso direito, suei o sol no fechar dos olhos, perdido de já adivinhar todos os castigos meus

— hum!, afinal não tens nada nos bolsos... pensei que vocês estavam a fazer outra coisa

me largou o braço, olhou de perguntar os olhos da minha mentira, a minha cabeça estava na sala de aulas, a camarada professora, as reguadas

— podes ir, antes que chegues atrasado à aula, eu depois vou perguntar à tua mãe quem são esses teus amigos do "grupo da gajaja"

— é equipa, avó

— shiu, pouco barulho! já para a escola!

— sim, avó

já nem de correr, o pátio todo vazio

o som das reguadas a vir já da minha sala, era assim e todo mundo sabia: cada um era um cada qual, as próprias pernas de correr e aguentar, e eu não tinha corrido de chegar a tempo, o risco de ir e voltar sem a camarada professora dar conta de saber, essa era a nossa maior craqueza

de devagar, os pés a não quererem entrar, a mão a não querer bater na porta

ouvi as reguadas

lá à frente, no canto, o Bruno já estava a chorar e soprava as mãos, assim tinha levado mais de dez, onde a pessoa inicia de perder a coragem e chegam as lágrimas que não dá para evitar

o Kiesse, a olhar para mim, a receber nas mãos a dor da reguada em velocidade e barulho de zunir, apanhou as dele

lhe chegaram as lágrimas também

— passa já p'ra aqui!

os tantos olhos, e o corpo a tremer, a sala ficava comprida de atravessar, um novo suor é que me chegava perto do pescoço

— te queixaram mesmo...

alguém me pôs, baixinho

a camarada professora com a régua na mão e a bater devagarinho na própria mão dela, assim parecia era movimento de aquecer a régua para ficar mais de doer

— andaram a acertar as pessoas com uma jaja?

e a ideia veio

cadavez ando a pensar

de eu ter sido abandonado lá sozinho, a falar com a avó Leocádia

podiam ter ficado, de três, a inventar uma melhor desculpa, missão de apoio, nossa equipa tipo militares Faplas, mas me fugiram; me deixaram parecia um cobói abandonado na batalha final

na hora de fugir, a equipa das gajajas não tinha gente de três; era só um: eu mesmo, com ele próprio

e o ele-próprio, que só um, agora bem sozinho

— não, camarada professora — de voz limpa, que os adultos acreditam, e o peito bem de arfado — eu não

— como não? então não foram ali apanhar gajajas na horta? não acertaram nas pernas de uma senhora?

ela me revistava o bolso de não encontrar a jaja que devia ter caído na horta, a maior sorte minha!

de coragem e prontidão, sozinho na batalha, um cobói já não pode se dar de herói, fica só esperto: as poucas balas, o tiro de acertar quem afinal ia lhe matar

— não sei, camarada professora, eu fui a casa buscar a bomba de asma, por isso é que demorei
— e tás melhor?
a voz dela, da noite para o dia, um pouco de nenhuma doçura, a régua a descansar de desistência
tossi
último tiro do último cartucho do cobói solitário
tossi a tosse dos asmáticos, recuperei uma voz fraca de falar
— tou melhor, obrigado, camarada professora; posso me sentar?
os três; mas separados
cada um na sua carteira, eles de lágrimas ainda; eu de fazer a respiração cuidada, a orquestra peitoral dos asmáticos
o fim da tarde, devagaroso
uma lágrima, que sozinha, a fazer força de sair, a minha mão rápida, que ninguém não podia me ver: cobói nunca chora
era a minha-nossa despedida, não ia mais haver a equipa das gajajas
nos filmes é que diziam: traição, o cobói vive só uma vez, a única e ultimista.

cada brincadeira?
o nosso mundo era o jogo e o risco; assim mesmo: ninguém nunca que perdoava.

beato Salu, pai de Roque y João Ligeiro, era vaqueiro cuando la ciudad fue subjugada y su hijo dado como desvitalizado. se volvió místico, construiu um casebre y no más salió, recibindo la visitación de romeiros em urgência de consultaciones.

[do caderno do EspumaDoMar]

era magia, talvez; a pessoa não sabe nunca
nós nem sabíamos, ainda; a camarada professora também não
mas de acontecer, aconteceu
sem ninguém não combinar: foi no dia seguinte, mas foi na noite anterior.

às vezes não calhava de todos vermos o mesmo episódio da telenovela
a coisa andava quente, o Sinhozinho tinha encomendado a "morte matada" do velho beato Salu, pai do Roque Santeiro, assim de parecer "morte morrida", enquanto ele andava só bem hospitalizado na clínica das madres
o "encarregado" da missão, claro, era o capataz do Sinhozinho Malta, o nome dele era Terêncio, coisa que já pode assustar

ele, de cabelos esbranquiçados mas era um gajo grosso; a camisa amarela durante toda a telenovela; o facão dele nas calças; as botas; e o olhar!, era mesmo um "mau" que não deixava nenhuma dúvida, dava medo mesmo visto só na televisão de depois do jantar

mas o beato Salu, como dizíamos no intervalo da escola, parece tinha cunha no céu, além de ser mesmo o pai do "santo" Roque Santeiro, também era, há muitos anos, da "equipa das rezas", vivia mesmo de sozinho nas beiras do rio onde o próprio filho dele tinha sido baleado

à tarde, na escola, entre a correria do futebol e o ir--mijar-lá-atrás, ouvíamos as conversas das meninas, uma delas era da equipa das catequeses

— o beato não vai nada morrer, ele tem a força de deus e reza muito!

muitos fugiram

essas conversas de deus e de rezar, as camaradas professoras não gostavam nada, nem a camarada diretora

à noite, na minha rua, pusemos apostas, uns diziam que era questão de dias, o beato não ia aguentar as técnicas do capataz Terêncio, outros tinham ouvido mujimbos de fonte segura, o velho até ia levar choques desses mesmo elétricos mas ia sobreviver com as barbas todas irritadas de eletricidade

então chegou a noite desse puro capítulo

mas para pôr o dia seguinte eu tenho ainda que contar da noite anterior, andávamos nessa semana a assistir os combates finais do beato Salu, preso na cama, coitado, cadavez que via o Terêncio o velho imaginava já altos confrontos com o "belzebu", mandava as rezas dele, gritava e assim tinha se safado das outras vezes, a gritar de vir alguém

depois do jantar, quando tocou a campainha, as minhas irmãs pensaram que eu tava fazer truques de não ir abrir a porta mas eu tinha mesmo bué de cólicas, doía-me a barriga que eu nem tinha coragem de falar muito nisso porque a minha mãe já tinha avisado que mostarda não era manteiga, eu sempre exagerava, para mim era um sabor novo e os velhotes, vizinhos franceses, tinham oferecido um boião bem enorme de uma mostarda escura que parece se chamava *dijon*

eu estava a gostar bué de comer bife com pão entalado num bom banho dessa tal de mostarda

— não tás a ouvir a campainha?

— mãe, tou aqui na casa de banho — gritei — a mana não tá aí?

as manas tavam lá em cima, o meu pai é que foi abrir a interromper o noticiário que tava a assistir

mesmo cheio de dor de barriga, conheci as vozes

tia Tina, minha madrinha; tio Dibala, o marido; os filhos Dilo e o Kiesse que até era meu colega de sala

sentaram na sala, os mais-velhos de *whisky*-digestivo, a minha mãe de macieira-seca que ela adorava, as crianças de água-mesmo; a sala já com muito fumo de cigarro, as portas abertas para a varanda onde os mosquitos deviam estar mas eles sempre prefeririam estar nas pernas das pessoas

as crianças caladas de estarem desinteressadas na conversa e no noticiário, quando começaram a dar as línguas nacionais, baixaram o som e todos podiam falar à vontade

entrei na sala já a cumprimentar: primeiro beijinho à tia Tina que era minha madrinha; depois o tio Dibala, com a careca dele suada a brilhar e sempre simpático; depois o Dilo e o Kiesse

— comé!, parece que é hoje!
— tá confirmado?
— então ontem não viste as cenas dos próximos capítulos? aparecia o beato Salu a levar choques
— afinal?

eu às vezes adormecia no fim da telenovela, principalmente naqueles dias que demorava muito para começar, ou porque o telejornal tinha demorado muito, ou mesmo às vezes a própria TPA tinha makas de luz e tudo atrasava

e, assim no fim, nas tais cenas dos próximos capítulos, eu já tava ferrado de o meu pai me acordar com maus modos para eu ir dormir no meu quarto

não tinha visto, mas acreditei

às vezes aqui quando te dizem uma coisa, é mais fácil só acreditar, duvidar dá muito trabalho e ainda traz discussões que não levam a lado nenhum

ainda tocaram mais a campainha

— agora é mais quem?

o meu pai dizia essas coisas assim, mas não era para evitar de ver as pessoas, é só que ele não gostava de muitas confusões ao mesmo tempo

— a esta hora do digestivo, sempre aparece alguém, pode ser o Ndunduma ou o Pimpó

— bem, Ndunduma ainda vá que não vá, se for o Pimpó é melhor recolher as garrafas

o meu pai não falou por mal, todos riram

é que o Pimpó era um chupista militante, para falar assim tipo o Odorico, não tinha respeito pelas garrafas da casa dos outros e, como dizia também o meu pai

— o gajo não é esquisito, varre qualquer coisa

isto quer dizer que o Pimpó era perigoso porque não dava hipótese de as pessoas lhe perguntarem "queres beber o quê?", e ele dizer "gin" ou *whisky*

não!, o Pimpó era daqueles perigosos que a única resposta que usam é sempre a mesma

— bebo qualquer coisa, menos água

mas quem chegava eram ainda mais crianças para aumentar a confusão: o Tibas e o Jika, ainda bem que desta vez fui eu abrir a porta, se fosse o meu pai ia já lhes mandar para casa com um arranque mal disposto

todos entraram

quase na hora de começar, não ofereci gasosa nem sumo porque eu sabia que já não tínhamos, mas aquela espera de nunca-mais começa a dar sede, todos a beberem água com um desses risos que até parecia que estávamos a comer chocolate

parece que havia algum assunto sério, ou de política tipo mujimbo ou então era a guerra, porque os mais-velhos quando abandonam a televisão no fim do noticiário e vão para a varanda fumar e falar baixo, é alguma coisa que nós não podemos ouvir

ficámos só as crianças então, de número éramos 7, mas de barulho era como se fôssemos mais o assunto na varanda devia ser mesmo sério porque o meu pai disse

— bardamerda!, não sabem falar mais baixo?

no fim do noticiário, deram algumas apresentações malaicas

a novela devia estar quase, cada um apanhava já a sua posição, mana Tchi lá atrás, quase deitada nas almofadas que eu não podia porque me davam asma; mana Yala, mais nova, sentadinha no sofá mesmo em frente à televisão; Tibas e Jika, sempre a fofocarem mas também sentados no chão; Dilo e Kiesse, como não era casa deles, pareciam bem comportados, sentados nas cadeiras mais pequenas; eu no meio da sala que dava para ver todo mundo e ainda espreitar o movimento dos mais-velhos na varanda

a música do começo da novela deu início

a lâmpada falhou a luz em ameaço de ir embora, todos gritámos "aaaah!", mas era só assim de fingir; ficou mais fraca, mas não foi

o Tibas já é que falou

— quem sabe rezar, pode começar já

rimos e o Kiesse também pôs

— se for Robin-dos-postes tamos mesmo lixados

e já não rimos muito porque isso era mesmo verdade, se o man Bimbi atacasse os postes podíamos ficar média de uns sete dias sem luz

deu iniciada

o camarada realizador da telenovela devia ser um gajo muito esperto porque parece que sabia todos os dias quais eram os assuntos que nos interessavam mais, e deixava sempre para o fim; ou demorava só um bocadinho em cada cena; ou punha mesmo conversas que não interessavam a ninguém, por exemplo o padre a falar com a dona Pombinha sobre os problemas da filha dela; as makas da filha do Terêncio que gostava do João Ligeiro, mas parece que o Jiló andava desconfiado que o João Ligeiro era masé um paninas, isso é que ia dar grande maka quando o Sinhozinho descobrisse

às vezes também perdiam muito tempo com a dona Lulu a falar sozinha, no espelho do quarto, a falar com ela própria, a falar com deus, a fingir que falava com o marido, todos estigávamos dessa parte ser bem malaica e ninguém gostar mas, para mim, sempre que aparecia a dona Lulu era como quando a camarada professora mandava ler um texto bem difícil que o peito fica apertado e as palavras quase não saem

uma pessoa disfarça, ri com os outros, estiga as pinturas e a maluquice dela

mas será que ninguém sente a tristeza toda no olhar da dona Lulu, eu até tenho vergonha de perguntar, talvez um dia eu consiga falar com a minha mãe, aquelas cenas dão pena e às vezes à noite ainda sonho com isso, o Zé das Medalhas sai de casa sempre sozinho, tranca a porta do quarto, não lhe deixa ir às gravações da filmagem nem à igreja, e acho que já lhe bateu algumas vezes

de repente a cena começou

o beato Salu estava na cama todo adormecido tipo desmaiado, um monte de gente lá fora a rezar com velas pela saúde dele que andava a não melhorar, só que o capataz Terêncio já tava lá em cima e agora não queria falhar, trouxe uns fios elétricos desses que não se deve brincar, ligou nalguma eletricidade, uma ponta na outra assim de fazer faísca, de experimentar, com cara de mau e nós a vermos os olhos dele e a ficarmos com medo, mas ninguém podia bandeirar, lá fora do quarto do beato as velhas rezavam tipo cantiga dos enterros, o Terêncio fez cara de mau e juntou os fios nos pés do beato Salu que começou a dançar bungula mesmo deitado, o Jika gritou

— eu num disse? ahn? eu num disse que iam lhe dar choque tipo do Rambo?

todos começaram a rir de nervoso

a luz na televisão fazia tipo faísca, nós na sala todos nem mexíamos só um bocadinho a ver as barbas e o cabelo do beato Salu a ficarem tipo pelo de gato, mas o kota era rijo, quanto mais choque o Terêncio lhe aplicava mais o velho aguentava

o Tibas até disse

— isso já é balda, uma pessoa não pode aguentar choque elétrico tanto tempo!

a mana Yala foi lá para fora para o colo da mãe porque estava impressionada com aquela cena, a cantoria das velhas, os raios no céu e até o Roque Santeiro, filho dele, dum pressentimento ou quê, começou a chorar quando o Kiesse falou

— ai, um velho mesmo pai do Roque Santeiro não aguenta?, aguenta e bem!

o velho tremia que tremia, terramoto é pouco

o Terêncio suava de já não saber se devia ainda continuar a matar o velho ou se o velho já tinha morrido, um raio fez faísca no céu da televisão e na minha casa a luz falhou completamente todos ficámos quase juntos não por causa do escuro ou da música que vinha da televisão, mas porque a imagem continuava a dar

quando o Terêncio saiu assustado do quarto, o beato Salu mexeu-se, os pés primeiro, depois abriu os olhos de repente e falou a frase dele

— mais fortes são os poderes de deus...!

que nós, assustados, não ouvimos bem a primeira vez

— ele disse quê?

o Jika ainda perguntou

os mais-velhos vieram da varanda com os isqueiros na mão, todos admirados que a luz tinha bazado mas a televisão continuava ligada

eu a disfarçar que não estava assustado, a mínima coisa que eu fizesse o Kiesse no dia seguinte podia me queixar em toda escola, tava a dar medo

as velhas fora do quarto rezavam mais alto, o Terêncio fugia depressa e, no quarto, além das mãos

o beato Salu sentou-se na cama e abriu muito os olhos a deixar sempre ver as barbas e os cabelos todos em pé parecia muito mais louco do que ele já era

e repetiu bem a frase para nós ouvirmos

— mais fortes são os poderes de deus

nós a olharmos, a ver se tínhamos entendido bem a frase, quando ele pôs os pés no chão, fez aquela boca de zangado e arrancou a agulha da veia

a luz voltou no meu bairro para espanto de nós todos que, sem demora nenhuma, parece que tínhamos tido a ideia ao mesmo tempo e gritámos

— mais fortes são os poderes de deus!

depois quando chegou a hora, cada um teve que ir para a sua casa

tia Tina, tio Dibala, Dilo e Kiesse

Tibas e Jika, cada um para um lado da rua e nessa noite que foi assim a anterior, não combinámos nada, ninguém tinha falado assim de acertar; juro mesmo

magia-magia? foi no dia seguinte, nós nem sabíamos

a camarada professora também não, mas de acontecer, aconteceu

sem ninguém não combinar, foi no dia seguinte

a camarada professora estava atrasada, tínhamos ordens para esse caso: fazer fila e cantar hino com os outros, entrar na sala, não fazer barulho e esperar

mesmo que fosse de muitas horas, esperar

ninguém não podia abandonar a sala de aulas, só a camarada diretora é que podia vir autorizar essa ordem

só mais tarde chegou a camarada professora

chegou com uma cara que nem sei se era de sono ou quê, procupação?, noite mal dormida assim do corpo dela, febre, ou algum filho doente, tudo isso são conversas que eu ouvia a minha mãe contar de outras professoras, conversa de mulheres e para mulheres, mas uma pessoa até tem de concordar: se alguém passa mal numa casa, quem fica a noite toda sem dormir?, não é a mãe ou a avó?, se for irmã mais-velha, também fica mesmo

então, no fim das contas, sempre quem dorme mal e menos? a mulher; uma mulher, todas as mulheres

a camarada professora entrou com aquela cara bem dura, não dava nem para nenhuma brincadeira nós não queríamos ter feito aquilo

eu não quis, nunca tinha pensado nisso, até ponho mesmo aqui sem ser de mentira: quem me dera ter tido essa ideia ou naquela manhã ou na noite anterior, quem me dera poder dizer que a ideia foi minha ou de um camba meu

mas não, aconteceu assim só de acontecer

a camarada professora entrou devagar, a andar devagar, nós que já estávamos em silêncio, ainda piorámos mais de silenciar, levantámos só, mas nem já um pio, ou espirro ou bocejo mesmo daquela hora das oito e pouco, nada

os pássaros lá fora, sim

um som de reguadas de alguém que estava a apanhar no primeiro andar da escola, isso sim, um telefone bem longe, que devia ser da camarada diretora, também parece ouvi, e esses meus pensamentos que eu um dia tinha que conversar com a minha mãe sobre eles: as lembranças da dona Lulu que eu sempre acabava por pensar nela

a camarada professora entrou devagar e sentou-se na secretária

parecia não estava a olhar para ninguém, e regra é regra, mesmo de pé, só falamos depois da camarada professora dizer alguma coisa ou fazer alguma pergunta

o tempo a demorar

quanto tempo foi? nunca vou saber dizer

todos a olhar para a frente, em sentido, quanto mais silêncio havia, mais silêncio fazíamos, como na multiplicação quietos, nem já de olhar para o lado

agora em vez de pensar o que tinha acontecido na vida dela eu pensei que estava para acontecer alguma coisa na nossa vida da turma toda, alguém tinha feito alguma coisa errada?, eu que sempre sabia de tudo não tinham me contado nada na entrada e não tinha dado tempo nenhum para terem feito uma coisa assim de bem grave

o tempo assim de manhã, lento

a camarada professora também não podia esticar mais aquele silêncio

de repente a cara dela mudou, parecia uma pessoa distraída que acordava, ela disse aquilo sem saber o que nós íamos dizer, disse aquilo como dizia todas as manhãs

da mesma maneira, as mesmas palavras igualitas

— bom dia, meninos...

por isso digo que foi de magia, explicação não tenho; não tivemos.

sem combinar, a turma falou tipo uma voz só, de fantasma e susto, bem alto, mas sem gritar

bem bonita, mas sem ninguém rir

— mais fortes são os poderes de deus!

*[...] isso notava-se era nas casas daqueles
que iam à missa: o presépio com o camarada menino Jesus*

era na casa dos outros o natal, natal-mesmo; nós, nem árvore não tínhamos
isso só foi já depois, anos depois
e se não falassem essa palavra eu nem sabia que já tinha chegado o tal de natal.

o que eu gostava mais?
o presépio da casa da tia Tó: simples, bonito de só ver e não tocar os cabritos de barro, uma casinha de madeira e o Jesus, deitado na palha, era um bonequinho de plástico com a pilinha de fora
— mas este menino Jesus fica assim com "os documentos" à mostra?
a avó Nhé olhava de desconfiar
— então ele já nasceu vestido, mãe?
a tia Tó me piscava o olho
— pelo menos um paninho a cobrir

agora, natal do puro panquê, de comer e beber até ficar a arrotar à toa?, era na casa do tio Chico, só que eu sempre só encontrava "as consequências", como dizia o senhor Osório, os restos da noite anterior

porque na noite de vinte e quatro cada um ficava na sua casa e embora eu ficasse tantas vezes com o tio Chico, o jantar de natal era em casa com os meus pais, talvez no dia seguinte fôssemos então ao tio Chico

aquilo só faltava ter fila

todo mundo parece que gostava de visitar as consequências do natal do tio Chico, para mim era bom porque ali tinha prenda garantida, para os mais-velhos era mesmo de comer e beber

a casa do tio Chico mandava muita comida naquele tempo

então a noite de vinte e quatro tinha chegado, ninguém da família ia vir porque o combinado era só passar na casa da avó Agnette, ao fim da tarde, para dar um beijinho e depois os jantares eram já na casa de cada um

voltámos cedo para casa, tipo antes do pôr-do-sol, hora de vermos se ia poder brincar na rua; hora da gritaria das andorinhas na casa da tia Iracema

ainda sempre penso se as andorinhas gritam de ralhar as outras ou se estão só a brincar de falar; hora dos gatos começarem a recolher ao esconderijo deles; dois abacates vão cair do abacateiro da tia Mambo, os guardas vão tentar guardar para eles, um já tem mordida de morcego, o outro tá bom, mas a Ndahafa vai ver a manobra e recolher o abacate para entregar à dona da casa; o Bruno Viola vai estar a rir no portão antes de a mãe dele vir cá fora lhe ralhar de alguma coisa; a avó Leocádia, avó do Kimá, vai lhe mandar entrar em casa sem brincar connosco; quer dizer, o natal afinal é um fim de dia quase igual a todos os outros, quase

a minha mãe, enquanto estacionávamos o carro, fez adeus à senhora mais-velha, francesa, que era nossa vizinha de há pouco tempo, todos da rua sabem: essa casa o nome dela é "casa dos franceses", parece que é da embaixada francesa e sempre tem um casal a viver lá

— são atritos militares

o Jika descobriu um dia e veio nos passar a dica, o pai dele é que tinha falado essa palavra

— atritos ou adidos?

a Neusa, irmã do Tibas, não tinha a certeza

— são atritos!

o Jika respondeu de voz confiante e ninguém não duvidou

o pai estacionou lá fora com preguiça de pôr o carro na garagem, a minha mãe fez-me festinhas na cabeça enquanto conversava um pouco com a madame não-sei-das-quantas, eu encosto a cabeça na cintura dela e fecho logo os olhos depois de cumprimentar a madame, claro

a minha mãe não sabe, ninguém sabe, mas eu estou a pensar nas mãos da tia Rosa na minha cabeça, só que a tia Rosa não fala francês enquanto me coça a cabeça, então ficou empatado

já acabou a conversa, os mais-velhos são assim, ou falam muito pouco ou falam durante a noite toda, enquanto comem e bebem lá dentro não está nada diferente, na nossa casa não vamos a nenhuma missa nem acreditamos em deus nem no camarada menino Jesus portanto não há presépio, se há um embrulho de prenda, é para todos, e então a minha mãe falou alguma coisa em francês com o meu pai e depois disse

— que tal apanhares umas mangas maduras da árvore?

eu, por mim, tudo o que seja de trepar paredes, grades ou árvores, acho que é boa missão

— mas, cuidado, pede ajuda à mana

— quantas mangas?

eu já a descalçar os sapatos

— algumas

a mana Tchi tinha bom olho de indicar as mangas maduras, apesar de já estar escuro, da varanda do quarto, o meu pai fumava e me controlava para eu não ir até aos galhos altos ou perigosos, a Tchi sempre a apontar só mangas moles e maduras

— mas como é que tu sabes, nesta escuridão?

eu estava espantado

— é de olhar

— nesse escuro assim?

— à tarde; mas eu lembro dos lugares

aí já pensei que ela estava masé a exagerar, era só sorte, mas ela queria que eu pensasse que ela tinha olhar raio-x antimanga verde, fiz o teste, aproximei a mão de uma manga verde

— essa não!

ela gritou

eu ri, a mana Tchi tava craque mesmo

a mãe lavou as mangas e eu tava com água na boca quando voltei com um canivete para o pai cortar as mangas aos quadradinhos como o avô Anibal nos ensinou

— não são para nós, filho

— nem hoje, noite de natal? só vou comer duas, mãe, não vou apanhar diarreia!

ela riu

— tens todos os dias do ano para comer manga, estas são para o casal francês, vocês vão lá oferecer, vou preparar uma cesta bonita, eles vão gostar

— "vamos" lá oferecer? quem?

— tu e a Tchi

a cesta ficou tão bonita enfeitada com fetos verdes e as rosas de porcelana que nem dava vontade de oferecer mais

— não dá para ficar aqui na nossa sala tipo árvore de natal ou presépio de frutas sem nenhum Jesus?

— não, filho, eles estão sozinhos aqui em Luanda, acho que é bonito oferecermos as mangas, não achas?

— sim, mãe

a Tchi ainda foi se vestir quase tipo que ia a alguma festa, as meninas são assim mesmo

— vais aonde assim toda esticada?, é a casa colada com a nossa, até podemos entregar da varanda

— nem pensar — a mãe disse — vão tocar à campainha e desejar aos senhores um feliz natal

— eu não falo francês, mãe, não posso desejar coisa nenhuma

já lá fora, vi que estava bem apertado de xixi

— não inventes desculpas de voltar lá para dentro a Tchi me avisou
— não tou a inventar, segura só, vou fazer aqui mesmo
— aqui aonde?
ela bem atrapalhada a segurar o cesto com as mangas
— aqui na roda do carro deles — comecei a rir e a chiringar a roda do *peugeot* dele — fica já multa de estacionamento, e até os gatos da nossa rua nem mijam nos carros, alguém tem que fazer essa missão

tive que interromper porque a francesa apareceu de repente na varanda, quase não dava tempo de guardar a pila dentro do calção e ainda salpiquei um bocado na porta de trás
— e se ela vê isso?
a Tchi, bem nervosa
— calma só, não sabes que esta rua é cheia de gatos mijões?
a senhora tinha os cabelos todos brancos, penteadíssima
andava devagar a nem quase pisar o chão, abriu a porta já a sorrir, disse "uí?" e nem olhou para a porta do carro branco salpicado do meu xixi bem amarelo
fez sinal para entrarmos, parámos na varanda mas ela queria que continuássemos até à sala, e fomos
parecia procissão séria de missa do galo da meia noite, ou fila de enterro, mas éramos afinal só dois sem contar com a própria dona da casa e o marido dela, também um velhote tipo o pai natal das barbas brancas só que não se vestia de vermelho e estava só sentado a chupar o cachimbo apagado dele

parámos de não saber bem o que fazer

a Tchi a rir o sorriso todo bonito dela, o cabelo preso em dois puchinhos assim de lado, a saia vermelha a combinar com os elásticos do cabelo e eu só ainda bem apertado de xixi a pensar que se calhar devia também ter-me vestido melhor para combinar com aquela sala

sala? hum, deixa: fica difícil explicar

tantos objetos juntos eu acho que nunca tinha visto, casa tipo museu ou fotografia dos livros a preto e branco? era de ser natal, ou aquela sala era sempre assim, como é que posso dizer, bonitíssima?, fiquei de boca a cotovelar a mana Tchi para ela olhar também: estantes altas com livros e bonequinhos não sei se eram de barro ou gesso ou imitavam aquele desenho dos soldadinhos de chumbo, jarras, jarrinhas, copos, imitações de casas e palácios feitos de ferro, duas daquelas bonecas russas que nunca mais acabam, um candeeiro todo brilhante e pendurado parece chamam de "conde labro"

eu é que fiquei de boca toda aberta a nem imaginar como é que eu ia contar aos cambas que afinal, ali mesmo, na nossa rua, havia uma sala que parecia saída de um livro de princesas, luzes que saíam de buracos na parede, dois quadros coloridos com desenhos que deviam ser do neto deles, eu vi o nome em baixo, um tal de "Miró", desculpa lá, mas até a minha prima Naima faz desenhos melhores

o velho tirou o cachimbo da boca, sorriu e quis me abraçar mas eu estiquei o braço para lhe apertar a mão e ainda falei baixinho

— ché, são as confianças ou quê...

— não sejas mal-educado

a Tchi me cotovelou

ele deu dois beijinhos à Tchi e recebeu o cesto antes mesmo de termos falado alguma coisa

— não vais dizer nada?

— dizer o quê?

os velhos ficaram os dois com cara de patetas a cheirar as mangas e a apalpar devagarinho as rosas de porcelana

— só faltava que eles fossem cheirar as mangas e comer as flores

— shiuuu!, pouco barulho

os dois sentaram no sofá com o cesto no meio e eu tava bem apertado de xixi e com vontade de rir, aquela cena, juro mesmo, lembrava-me o presépio da casa da tia Tó, eles pareciam os velhos magos que ficavam a olhar o camarada menino Jesus com a pila de fora

como ninguém dizia nada, falei

— bom júrr... mércí bó cú... ná pá de cuá...

atirei logo todas as frases que eu sabia dum francês improvisado

a Tchi ficou toda vermelha, envergonhada, mas é que assim nunca mais nos despachávamos da situação e eu tava quase a mijar nas calças

— tú párle francê, petit garçon?

a senhora madama pegou-me no queixo como eu não gostava

— garçon? nô! eu sou estudante ainda — falei mais alto para ela entender melhor — muá, Ndalú: terceira classe! — depois apontei para a mana Tchi — elá, Tchissolá, nome de casá: Tchí, quarte clásse, entendiú vú?

a Tchi a morrer de vergonha, já sei que ela depois ia dizer que eu sou muito desbocado mas eles gostaram, riram muito e isso não vale a pena dizer que não é assim, todos mais-velhos ficam bonitos a rir

— atendre!

a madama disse, subiu as escadas, desapareceu

— assente vouz

o velhote falou e fez gesto de bater devagarinho no sofá

— ele disse quê?

— para "atender"

inventei

— quê?

— têtê vú!

— a tevê?

— não sei

ficámos sentados no sofá fofo, ele a sorrir a olhar para nós como se fôssemos dois bonequinhos da estante enorme

fazia festinhas às mangas, às flores, até fazia festinhas ao cesto

nós olhávamos ainda o que havia para espreitar na sala: um espelho bem grande que parecia podia engolir pessoas, a mesa pequena, no centro, com flores secas numa bandeja, na parte de baixo, será que todos franceses guardam flores secas em casa? será que essas flores viajaram desde a França? nós, aqui em Luanda, folhas secas varremos ou juntamos para fazer uma fogueira assim que o fumo até pode espantar os mosquitos ao fim do dia a senhora madama desceu devagarinho tipo que trazia um bebé nas mãos, eu tava desesperado, passeava a mão pela pele branca do sofá porque era já a única coisa que me acalmava, será que os franceses fazem tudo assim devagar? ou são estes, por serem velhos?

o mais-velho fez uma última festinha ao cesto, levantou-se, foi encontrar a mulher dele que afinal... trazia... nas mãos... uma caixa de chocolate toda grande, dourada, com um laço vermelho tão perfeito e bonito que eu acho que nunca tinha visto, na minha vida, um laço e uma caixa tão bonita!

com a felicidade que estava nos meus olhos a olhar a caixa de chocolate, eu não sabia se ria, se chorava ou se me mijava

afinal, os velhos tinham boa memória:

— Ndalú, Tchissolá, çá cê púrr vú!

os olhos da Tchi já a brilharem de olhar a caixa dourada com o laço todo vermelho deitado na parte de cima, eu até desconsegui de falar

— mercí — a Tchi é que disse

— bó cú!

acrescentei

para eles não pensarem que eu não tinha gostado

— de riãn

a madama já estava outra vez a passar a mão devagarinho nas mangas bem amarelas e lavadinhas

quem nos acompanhou à porta foi o marido

dumas calças cinzentas tipo veludo dos filmes, tinha uns sapatos que todos os gatunos de Luanda deviam ter inveja: eram umas pantufas de não fazer barulho nenhum, eu estava de boca, até fiquei a pensar nisso quando saímos: aquele casal era especialista em andar sem parecer que estavam a pisar no chão

    só para sair da casa deles e voltar a entrar na nossa também demorámos, de cuidado a pisar o chão e ninguém não queria largar a caixa, as quatro nossas mãos, tipo que a caixa de chocolate era um desses bebés todo recém-nascido ou quê

    a minha mãe, na porta da sala a sorrir devagar e a fingir que não estava impressionada com o tamanho da caixa ou com a cor brilhante do laço bem encarnado

    — aguentas essa caixa de chocolate...?

a mana Tchi com os olhos dela a brilharem

    — se não fosse mesmo a gula, até podíamos guardar a caixa assim bem fechada...

    a minha irmã mais nova, Yala, mesmo tão pequenina também ficou alegre, não sei se eram só as cores da caixa ou se ela já entendia o que estava lá dentro, o meu pai já nem olhou mais para a televisão

    a caixa ficou no centro da mesa e a Yala foi escolhida para abrir o laço encarnado, nós cinco concentrados a olhar o dourado da caixa tipo que iam sair dali uns diamantes todos enormes

    — só um momento!

a minha mãe pediu ainda para ir à cozinha

    — ah, mãe, isso não vale!

eu escapei gritar de nervosismo

    — mas vamos brindar, vou buscar uns copos

    — então não vale mexer em nada, vou aproveitar para ir fazer xixi o meu pai e eu muitas vezes tínhamos sintonia de ir fazer xixi ao mesmo tempo, quando ele abriu a porta de vidro que dava para a varanda entendi que ele ia fazer xixi ao ar livre e desisti de ir à casa de banho, todo mundo sabe: fazer xixi ao ar livre, no jardim, numa rua, ou mesmo assim de regar as árvores, é uma das melhores coisas do mundo e traz bons pensamentos dentro da cabeça

— esses franceses são bem simpáticos, né, pai?

— são, sim, filho

— será que são os franceses mais simpáticos do mundo?

— isso não sei, filho

ele já a sacudir a pila dele, tinha me ganhado, mas também não tínhamos combinado que era de corrida ou de quem mijava mais longe

— pelo menos são os mais simpáticos do mundo na equipa dos mais-velhos de cabelos brancos

cinco copos, duas fantas para dividir pelos três e acho que a mãe e o pai beberam aquela bebida chamada macieira

a Yala abriu a caixa devagar

dentro estava um papelão fininho também dourado e lindo que tinha de se pegar devagar para não amarrotar, quando ela levantou esse cartão eu pensei que tinham aberto a porta principal daquilo que algumas pessoas chamam de paraíso

eu sei que muita gente diz que o camarada Jesus vive nos céus e que o paraíso e mesmo o inferno ficam lá em cima, mas para mim, assim de repente a olhar aquela belezura

como o meu pai gosta de dizer

para mim o paraíso ficava dentro daquela caixa com cheiro de mil chocolates lindos que nem derretiam os formatos de conchas do mar, búzios, caranguejos, cores que imitavam o bolo mármore da tia Maria, creme a fingir que era castanho, preto a misturar-se com um branco cor de leite com café e o cheiro também, todos de boca estávamos só com os olhos bem abertos que até o meu pai e a minha mãe riram quando eu e a mana Tchi, a olhar para aquela quantidade de cores e cheiros, tivémos que iniciar de bater as palmas como se fosse comício do 1º de maio, e a Yala também nos imitou

— viva os camaradas vizinhos franceses!

eu gritei

— viva!

todos responderam

— viva essa caixa de chocolate

— viva!

— obrigado, camaradas

eu imitei um camarada que sempre terminava os comícios com essa frase

quando o pai deu o sinal da largada, depois de brindarmos àquela enorme caixa que tinha aparecido tão bem vinda no nosso natal, eu pensei que fôssemos comer bem rápido até a mãe nos mandar parar para respirar

aquela caixa era quase de magia, não eram só as cores misturadas e os cheiros lindos; não era só o brilho do laço; o sabor, isso posso já jurar aqui pelo meu avô que tá debaixo da terra, o sabor era uma coisa do outro mundo, mas eu tou a falar de um outro mundo que fica ainda mais em cima do que as alturas do tal paraíso

comer rápido afinal não conseguíamos, ainda fiquei a pensar se aquilo era feitiço francês ou quê, o chocolate a derreter devagarinho na boca quente e esse mesmo um só bombom, na língua, ganhava vários sabores de mistura e mistério

o silêncio é que falava pelos nossos olhos

todos concentrados a olhar a caixa, cada um a decidir qual o próximo bombom que ia escolher e saborear de demorar na boca todo o derretimento antes de engolir devagarinho, e eu a ver: os dedos na mana Yala já todos besuntados, as bochechas dela com manchas castanhas que afinal combinavam com os cachos do cabelo quase amarelado que ela tinha, eu e a mana Tchi também com os dedos na boca a olhar para o pai a saber assim da autorização de comer mais ou se tínhamos que parar e poupar chocolate para durar até ao dia do ano novo

ninguém dizia nada

comíamos devagar, quase sem pressa, se bem que, mesmo assim, eu devo ter tirado mais que todos

— queres guardar alguns para dar aos teus amigos?
a minha mãe ainda perguntou

— acho melhor não, mãe — eu respondi devagarinho — isso depois pode dar maka... vão dizer que dei a uns... — pus mais um bombom na boca — e que não dei a outros... é melhor não

já perto das onze, a mana Yala adormeceu no sofá e a minha mãe avisou que ia lhe levar para a cama, o meu pai desligou a televisão e disse que era melhor então subir todo mundo, fomos beber água, parece que aquele chocolate francês dá muita sede

antes de subir a Tchi pediu para guardar o laço encarnado, eu fiquei com muita inveja mas a ideia tinha sido mesmo dela, era justo

quando começaram a apagar as luzes da sala eu fiquei ainda a olhar aquela belezura de caixa, mesmo vazia com restinhos de chocolate ainda era uma caixa bonita e brilhante, o pai apagou a luz e eu espreitei para ver se ainda havia brilhos na sala: nada

só a escuridão cheia de um cheiro doce tinha ficado no ar

na hora de dormir, se uma pessoa não está mesmo cheia de sono, é que a cabeça fica cheia de pensamentos, pensamentos e lembranças, que não são bem a mesma coisa

pensar, uma pessoa pode receber muitos pensamentos, coisas que quer encontrar ou ver, coisas que deseja ou que imagina, mas uma lembrança é assim uma coisa que já aconteceu e que volta

volta na nossa cabeça, com força, fica lá, traz mesmo sons e até cheiros, as minhas lembranças sempre trazem cheiros que eu consigo sentir com muito boa nitidez mas não sei explicar a ninguém

naquela hora de dormir, começaram a vir as lembranças que tinham acabado de acontecer

ir pegar as mangas, subir na mangueira com os pés descalços a sentir os galhos da árvore com aqueles buraquinhos que se chama "gretas", a minha mãe é que me disse; descer com as mangas e subir de novo, a mana Tchi com o olhar dela de raio-x que sabe bem onde estão as mangas mais madurinhas que a esta hora os franceses já devem ter se deliciado com elas e um deles, acho eu, deve estar a esta hora na casa de banho com uma boa diarrumba monumental

porque os franceses nem estão tão acostumados com as nossas mangas e são tão boas que uma pessoa nem consegue só parar de comer na primeira, eu pelo menos aguento umas três ou quatro antes de ficar de barriga cheia

lembrei dos risos e da vontade de comer aquelas mangas enquanto a mãe lavava, uma por uma, as mangas que nós tínhamos ido oferecer àquele casal francês, ri, sozinho, a lembrar o francês que eu tinha improvisado e até esqueci de perguntar à minha mãe se aquelas frases faziam algum sentido, eram coisas que uma pessoa apanhava nos filmes que davam na televisão, que eram poucos os filmes onde se falava francês, mas tinha um dos "gendarmes e gendarmetas" que até nós gostávamos e a TPA às vezes repetia

depois fechei os olhos para tentar ver outra vez aquela sala assim toda enorme e cheia de coisas, eu devia ter contado os objetos na estante, pelo menos dez, depois multiplicava por um número qualquer e podia então fazer um cálculo de quantas coisinhas tinha naquela estante, já para não falar dos livros e dos dois quadros do neto deles, o tal Miró

não conseguia dormir: era o cheiro

o cheiro doce das conchas do mar e búzios com formato de bombom delicioso, o cheiro não me abandonava a cabeça nem a boca, eu até tinha fingido que já tinha lavado os dentes, mas deus me livre de lavar mesmo a boca e ir dormir com gosto de pasta de dentes em vez deste sabor que agora posso saborear de restos de chocolate bem francês

e aconteceu: com medo do escuro, sem acender as luzes, tive que descer

a mana Tchi estava bem ferrada com um sorriso na boca dela, devia era estar a sonhar com a caixa, o laço vermelho e os chocolates de mil cores misturadas

a sala tinha o mesmo cheiro doce, os mosquitos circulavam no escuro e vieram pousar nas minhas pernas, eu só podia afastar, nem podia bater com força para não fazer ruído de acordar os outros

cheirei o papel fininho que a Yala tinha tirado da parte de cima, cheirei a tampa da caixa, tudo cheirava a novo e a chocolate, tentei ler as letras para decorar o nome daquele chocolate mas era tudo muito escuro, ainda por cima escrito em francês e eu na escola só tenho ainda a disciplina de língua portuguesa, parece que é na quinta ou sétima classe que uma pessoa escolhe se quer inglês ou francês, se calhar vou escolher francês para me comunicar melhor com todos os velhos franceses simpáticos do mundo

peguei na caixa

a parte de baixo, com os buraquinhos todos vazios e muitas migalhas de chocolate que ainda tinham ficado presas nos buracos, tudo mole, bem fácil de apanhar com o meu dedo molhado de ir e vir da boca, os mosquitos bem contentes de eu não lhes matar e eu bem contente com aqueles restinhos deliciosos de chocolate devagarinho, soltei aquela parte da caixa, com todos os buraquinhos bem limpos que o meu dedo já tinha passado lá, e que agora eu queria tirar para passar melhor a língua e aconteceu mesmo: quando levantei a caixa e ia começar a lamber, vi uma folha fininha, igualita àquela que a Yala tinha tirado quando abriu a caixa

o meu coração acelerou tipo os carros da fórmula 1, acho que eu desconfiei daquilo que eu queria desconfiar

e era a verdade

quando tirei esse papel fininho, mesmo no escuro, tive a melhor segunda surpresa da minha vida: uma outra camada de chocolates, do mesmo tamanho, da mesma cor, do mesmo cheiro e da mesma quantidade que a primeira, as minhas mãos tremiam, a caixa tremia nas minhas mãos e eu ria quase tipo um maluco, só faltava falar com os mosquitos sobre aquela minha alegria da meia-noite

eu sabia o que devia fazer: fechar a caixa, talvez mesmo ir pôr na geleira para os chocolates não ficarem muito moles, mas desconsegui

fiquei muito tempo, quase com vontade de chorar, sem saber o que fazer, ir para a cama, eu não podia mais

parar, também já não dava e era tarde para ir acordar todo o mundo

comecei, devagarinho, com os mosquitos todos contentes nas minhas pernas, a comer os bombons que eu tinha encontrado numa surpresa da segunda camada, deitei-me no sofá e demorei não sei quanto tempo para conseguir comer todos os chocolates que eu comi até ficar com sono e muito enjoado no dia seguinte

quando a minha mãe foi me acordar já para me ralhar, estavam todos a olhar para mim com cara de zangados mas eu nem tive tempo de falar muito, tive que ir a correr para a casa de banho porque não aguentava com a dor de barriga, fiquei lá um bom tempo, até pensaram que eu estava a fingir ou com medo de sair para não me baterem

foi assim que batizámos aquela diarreia de diarreia francesa, e sempre que alguém come muito chocolate e apanha diarreia, ainda hoje dizemos, a rir, "apanhou diarreia francesa"

os meus pais até nem me bateram, a mãe ralhou-me bué, o meu pai disse que eu tinha sido muito, mas muito egoísta, que nem tinha pensado neles nem nas manas

àquela hora do dia, assim de ser um dia seguinte, eu até concordava com tudo aquilo, mas eu estava mesmo a dizer a verdade

— não consegui parar, juro mesmo

a mana Tchi nem queria falar comigo e, de vingança, nem me deixou pegar nem brincar com o laço encarnado dela

bebi muita água, bebi chá mas ainda me doía a barriga

já tinham aberto todas as janelas da sala, "para arejar", como dizem os mais-velhos, e o cheiro doce tinha desaparecido, agora era o cheiro só normal da nossa sala, que era muito fresco e também tinha um bocadinho de cheiro de rosas de porcelana que estavam plantadas ali perto de uma das janelas

da sala, eu via a árvore carregada de romãs, fazia sol, espreitei o quintal

— Tchi, não queres vir só me ajudar, com a tua visão de raio-x?

— a fazer o quê?

ela ainda estava zangada

— a apanhar mais mangas

quando a mãe nos apanhou, me mandou descer rápido da árvore e me ralhou de estar ali pendurado sem ninguém a controlar a operação

— tás a apanhar mais mangas para quê?

desci devagar, bem devagar, a tentar inventar já uma explicação, mas eu tava fraco, de corpo e de pensamento, a diarreia deixa uma pessoa com o corpo amolecido e as ideias também, de manhã eu já tinha feito um esforço para responder ao interrogatório da minha mãe, quando ela me perguntou se eu tinha conseguido comer tudo sem sequer pensar neles ou nos meus amigos, e eu até disse, acho que pode ser verdade, que ao comer os bombons eu pensava em todos eles, comi um pelo Bruno, um pelo Tibas, um pelo Jika, até contei os bombons das meninas, mas ela não achou graça nenhuma a essa minha estória

— vai já tomar banho que tás todo empoeirado

a minha mãe estava já a preparar a almoço

— não podemos apanhar mais mangas, mãe?

— mas tu vais comer mangas? — ela começou a rir — tu estás com essa diarreia francesa, já te esqueceste?

— não era para nós, tava a pensar que podíamos oferecer um outro cesto de mangas aos franceses

— ó filho, mas o natal já passou, agora só para o ano que vem a mana Tchi brincava com a fita encarnada nos dedos dela

estava lá fora, ao sol, e a Yala veio também de trás e lhe abraçou, os cabelos clarinhos da Yala, com a luz do sol, ficavam todos brilhantes parecia que ela era uma pessoa de cabelos amarelos tipo loira, olhei para a mana Tchi, para ver se ela podia vir me ajudar no meu plano que eu já tinha imaginado logo de manhã

— mãe... nós podíamos juntar outro cesto de mangas e ir lá oferecer aos franceses, coitados, vivem aqui em Luanda todos sozinhos, com saudades da família deles, nós podíamos já adiantar uma prenda de ano novo, acho que eles iam gostar

a minha mãe riu, foi contar ao meu pai

mas confirmou a ordem de ir tomar banho para tirar a poeira do corpo, despi-me para entrar no banho, passei no quarto para apanhar uma cueca limpa, em cima da cama já toda feita, a mana Tchi tinha deixado a caixa de chocolate toda bonita em cima da minha almofada, de prenda

abri, cheirei

era um cheiro de lembrar a vida toda

— vai tomar banho, antes que a mãe te ralhe

a Tchi me apanhou a cheirar a caixa

tomei banho de água fria, tava muito calor, no meio do barulho do chuveiro, com os olhos fechados por causa do shampô, ouvi a voz da mana Tchi

— despacha-te, quando saíres vou te deixar brincar com a fita encarnada

as mãos na cara, a água no meu corpo todo, eu a fingir que podia sentir o cheiro das mangas a entrar pelo

ventinho que a janela deixava entrar no arrepio do meu corpo, respondi só de sorriso devagaroso
    a mana Tchi já nem estava ali.

    o vento é que vinha do quintal onde as mangas viviam de estar penduradas, os morcegos mesmo é que sabem, mas isso já é outro pensamento
    agora ainda estou a pensar que
    se calhar
    era verdade aquilo de o vento cheirar mesmo a mangas.

— então, o que é "etecétera"?
— camarada professora, o meu primo Lau disse que "etecétera" é uma forma de mentir.
— está masé calado, vê lá se queres levar umas reguadas!

era de manhã
e ia mesmo haver um tal de desafio, os da rua Cabral Moncada tinham nos desafiado, a nós que nem já futebol sabíamos jogar bem
mas ficava mal recusar
já tinham nos dado surra nos skates e também nas damas andavam a nos ganhar, nós, os da rua Fernão Mendes Pinto, tivemos que aceitar.

na dificuldade, que era nossa, eles riram: dos 11 jogadores deles, nós só tínhamos sete, mas estávamos bem artilhados, de batismos que nos demos com aqueles nomes, parecia que eram as nossas novas roupas muito invisíveis: eles não sabiam daquele poema da nossa quarta classe
a partida deu-se no campo da escola

as linhas no chão já não se viam bem, as balizas sem rede, mas tínhamos bola; nós e a nossa convicção de crianças montadas naquele poema

e foi assim

a saber que íamos perder

mas às vezes "perder ou ganhar", como se dizia antigamente, "o que interessa é jogar", eu dei a dica do poema, rebatizei todos os nossos, eles riram só, aceitaram os nomes sem saber do porquê das alcunhas

estávamos mesmo a perder bem, nem vou dizer o número para não aumentar a vergonha da nossa rua

todos olhavam para mim, o peso desse olhar a dizer que eu era maluco e que a minha ideia de aceitar o desafio ia só trazer nova derrota para a nossa rua, mas eu acho que o que estávamos ali a jogar não era só futebol, era um pedaço das nossas vidas

não sei como, não sei porquê, mas eu tinha a certeza de que aquilo era já um grande desafio

o Kiesse, um da nossa rua, tinha me segredado a "arma secreta": um rapaz mais velho, craque dos pés, que ia chegar para estar no nosso lado, mas esse desportista-mesmo demorava nas horas, já estávamos no depois do intervalo quando ele chegou

— isso de mais-velho não vale — os da Cabral reclamaram na interrupção do jogo

— qual mais-velho é esse, só porque é mais alto? vocês também num são onze contra sete, não podemos aumentar só mais um...?

foi aceite e aceitado, e entrou

começou a marcar, a nossa arma secreta, que eu nunca soube quem era, nem até hoje não voltei a perguntar ao Kiesse quem ele seria

dava ares de um camarada poeta angolano, mas sem as barbas, era mesmo parecido com o camarada António Jacinto, não como se fosse filho, mas uma versão dele recuada no tempo, encolhida num corpo novinho em folha

e ele foi-nos empatando quase próximo do próprio empate

agora que faltava quase um minuto para acabar, o Kiesse fingiu bem a queda e gritámos "penalty" tão alto que eles tiveram que aceitar, o jogo acabava logo a seguir à marcação, através do cansaço, suor e sede de todos

eles disseram que não podia ser o arma-secreta a marcar, mas um de nós, um dos da minha rua

ninguém não quis a responsabilidade de marcar ou falhar naquele empate, todos a olharem para mim, que tinha organizado o nosso pequeno grande desafio

eu a olhar para o chão à espera que a minha respiração voltasse, naquele durante da minha asma que eu nem sabia onde estava a bomba de ventilan

afinal tinha que ser eu?

o meu pé ficou todo nervoso, esperei a respiração voltar, limpei o suor, só me lembrava de um truque de olhar para um lado e chutar para o outro, o guarda-redes deles tinha umas pernas enormes dessas que chegam a todos os cantos da baliza

o nosso "Zeca" a olhar para mim sem acreditar em nada; o "Kamauindo" já a tirar as chuteiras, os olhos no fundo da baliza furada sem rede nenhuma, parece esse ainda acreditava que o nosso milagre ia ser possível; o nosso "Zé", cambaia, ajoelhado lá longe, a abanar com a cabeça de um lado pro outro, como se tivessem escolhido o pior jogador para marcar penalty, e era verdade!, só que naquele momento que olhei para ele, nem disfarçou só para me apoiar nas tremuras das minhas pernas

a minha alcunha, o meu nome de código no nosso grande desafio? se já falei da asma no meu peito: eu só podia ser o "Venâncio"

agora ali com a baliza cheia dos olhares à minha espera

se conto isto, é porque já comecei e não há como voltar atrás no tempo: onde foi o meu olhar, foi a bola; onde foi a bola, foi a perna do guarda-redes deles

mas, para piorar as coisas, nem já ele tocou na bola

ela voou para fora, foi bater longe, nas trepadeiras, e quem falha, como eu, vai ainda buscar a bola lá longe

todos a me olharem, os picos arranhados nos braços para apanhar a bola, a poeira das trepadeiras a aumentar o chiar do meu peito asmático: eu, Venâncio, "Man Venas", para os da minha rua

digo de peito calmo, hoje

não vim só contar esta parte, a coisa teve continuidade além das estigas que sofri nos anos que nos seguiram

segunda-feira, dia de aulas

fomos queixados pelo camarada contínuo: identificados os sete, nem bravos, como os que tinham invadido a escola no sábado para andarem a jogar futebol, como se tivesse sido uma coisa divertida a camarada diretora nos chamou, a régua já a dançar de leve na mão dela, a aquecer a madeira que depois ia aquecer as mãos nossas, a dúvida era só quantas reguadas íamos levar pelo nosso tão pequeno desafio

o camarada contínuo confirmava os nomes, a camarada diretora olhava para esperar e nos angustiar mais ainda

até que um de nós começou

— no sábado, o meu nome era Antoninho!

a camarada diretora olhou séria para nós; a régua pronta na mão levantada dela

outro, com mais coragem, pôs também

— o meu nome era Zeca!

dentro de nós todos, um riso orgulhoso, escondido, mesmo da nossa derrota humilhada na falha final do meu penalty asmático, as vozes apareciam sem nenhuma fila de falar, "eu, Velhinho!", "Mascote!", "Kamauindo!", "o meu nome de campo é Zé!"

até chegar a minha vez

a camarada diretora já estava à espera que eu não fosse ter coragem de falar

— camarada diretora, no sábado o meu nome também foi Venâncio, mais conhecido por "Man Venas" mesmo depois de falhar o penalty!

o camarada contínuo não queria acreditar, se a régua estivesse na mão dele, já tínhamos apanhado umas bem zunidas

— encostem-se à parede, estendam as mãos!

a camarada diretora falou

tinha chegado o momento

todos alinhados, olhavam para mim de novo, eu sei, alguns pensavam "ele devia apanhar mais reguadas que os outros", eu pensava o mesmo

e é isto que vim contar: neste momento, tivemos que usar o nome do camarada Jacinto de novo, pedi com-licença à camarada diretora e falei

— camarada diretora, esse nosso pequeno desafio de sábado, foi mal explicado, nós não queríamos invadir a escola de nos divertirmos; é que fomos desafiados por uns da Cabral Moncada, mas nós montámos um jogo assim também da língua portuguesa, a falar do poema do camarada António Jacinto; por isso é que todos tivemos alcunhas dos nomes do poema e até temos um recado para a camarada diretora

os outros a olharem para mim

agora era outro olhar, não aquele que me deram na hora do penalty, filhos da caixa!, cabrões da tuji, agora olhavam com esperança: eu adiava as reguadas, eu arranjava tempo antes das nossas lágrimas quando íamos ser batidos com a madeira nas mãos quentes e aquecidas

— um recado?

— sim, camarada diretora, um recado do nosso árbitro que veio para o nosso desafio

uns tossiam, outros mexiam os pés, outros esfregavam as mãos: dizem que se as mãos estiverem já quentes, dói menos

— é que ele mandou dizer que gostou muito da nossa equipa com os nomes do poema, mesmo sem conseguirmos ganhar nem com a nossa arma secreta

— mas quem era esse árbitro? arma secreta?, não estou a entender nada... fala, antes que te aqueça já com a primeira reguada!

os outros, que eram os meus e que éramos nós, os do nosso desafio, tiveram que fazer força de não rir

uns olharam para o teto, a concentrar numa respiração forçada, outros deixaram de esfregar as mãos, outros faziam assim com a cabeça para o lado, no espanto da minha fala

mas na hora do penalty ninguém olhou assim para mim, com os olhos a quase rir

e eu falei mesmo

— o árbitro foi o próprio camarada António Jacinto!

a camarada diretora mandou o camarada contínuo se retirar, foi até à janela dela, a ver os passarinhos cheios de poucas árvores

depois pousou a régua, olhou para os outros

olhou para mim muito tempo mas, nesse tempo, eu já sabia que quem inventa uma estória não é só com as palavras, tem que estar preparado nos olhos

eu digo mesmo a verdade: eu acreditava no que tinha acabado de dizer

— vão para a vossa sala, se houver algum outro desafio, avisem-me, a escola podia-se preparar para receber o camarada Jacinto...

o Zé, cambaia mesmo, até queria me abraçar no caminho, eu tirei a mão dele do meu ombro, na hora mesmo do tal penalty ficou de longe a abanar a cabeça a não acreditar em mim, agora queria me abraçar?, nem pensar

ficámos nesse compromisso de nunca-nunca contar
   e quem encontrasse a camarada diretora, anos depois, não podia desconfirmar a nossa versão melhorada daquele sábado
   a vida às vezes inventa caminhos que nós não podemos não ir neles.

   como eu, Venâncio, Man Venas
   quando pego numa estória para pôr mesmo bem?
ninguém me agarra mais
   vertiginosamente até na baliza; e etecétera.

[...] essa dor só um rapaz é que sabe.
o dono do corpo mesmo:
ele é o único que pode falar depois de sentir.

era de se ver — mas ninguém viu, porque não chegou a acontecer

o que sim aconteceu, ninguém viu: porque era tudo coisa de sentir; e mesmo quem viu não sentiu nada do que me estava a acontecer

o medo é feito de coisas pequenas

e uma pessoa, dentro, tem milhares de espaços pequeninos; quando o medo chega, ocupa um desses lugares e cresce

às vezes o medo é isso: uma coisa de dentro.

na noite anterior eu tinha sonhado que me empurravam de um avião enorme, pela porta de trás, mas sem o paraquedas

eu caía quase devagar e só uma coisa me podia salvar: lembrar a cor do paraquedas eu caía, caía muito tempo sempre a não me lembrar da cor

se ao menos o Jika entrasse no meu sonho para me salvar com o guarda-chuva dele azul, mas nem isso;

as mães, a minha mãe: me salvei porque a minha mãe me acordou antes de eu bater no chão

— a sonhar que eras um comando no Kuando Kubango?

— não, mãe

— com a telenovela?

— não... era um avião grande, estávamos a saltar de paraquedas... mas empurraram-me assim sem nada

— que horror, filho — a minha mãe me deu um beijinho — vim te acordar cedo para te preparares, hoje é o encerramento da natação

— eu sei, mãe

disse, pouco entusiasmado

— o que foi?

— nada, mãe — fui lavar os dentes, fazer xixi — mas nunca te esqueças da cor do teu paraquedas

— da cor?

— é o mais importante: a cor, pode te salvar

— qual era a cor do teu?

— não sei

desci devagar, sem contar os degraus da escada porque já sabia que eram dezanove, os barulhos da cozinha não condiziam com os cheiros, o rádio ligado dava as notícias da manhã

na casa ao lado, os guardas da tia Iracema já tinham acordado há muito tempo, parei na sala, a espreitar o muro que dá para a casa dela, a tia Iracema é a mãe do Jika

 pelos buracos da trepadeira, dá para ver a movimentação dos guardas, quando se mexem, quando usam a água daquela torneira para lavar a cara, a essa hora, infelizmente, já tinham guardado as akás, durante o dia eles não andavam assim com a aká na mão, só mais à noitinha, muito quase de noite, ou de manhã muito cedo, mas quando o sol nasce, depois das 5 e tal, eles vão lá atrás, tomam banho, guardam as armas num quartinho que eu nem sei bem onde fica

 tudo isso eu sei de, às vezes, acordar cedo e mesmo da minha cama ficar a ouvir os barulhos

 o mundo dos barulhos é uma coisa limpa que se suja durante o dia, dá para quase ver as coisas que uma pessoa imagina só de ficar atento a fazer um mapa de barulhos

 até quase ouço coisas de duas ou três casas mais para a esquerda, da casa do francês, mesmo ao lado, posso ouvir quase nada, não acordam muito cedo

 da casa da tia Mambo, também tem guardas, mas ficam mais lá na parte da frente, também usam uma torneira para se lavarem de manhã cedo, apanham alguns abacates, um deles pode varrer o passeio, outro pode correr ou fazer ginástica, e escondem as akás deles ali na parte da frente da casa, mas também não sei muito bem onde é

 os guardas da tia Iracema nós gostamos mais deles porque aceitam trocar cigarros pela pólvora que tiram das balas enormes da aká, os guardas da tia Mambo são maldispostos, não aceitam que lhes chamem guardas, nem mesmo gostam de ser chamados de Faplas, não sei porquê, estão sempre maldispostos, acho que talvez não gostem muito das crianças aqui da minha rua

depois, está a casa do Péro, quer dizer, a casa é da dona Maria, mãe dele, que fala um português muito misturado e arrastado de outras coisas, acho que ela é do tal país de nome comprido, a Julgoeslávia ou quê, a dona Maria, tem uns três cães que quase nunca lhes vemos, ela solta de noite mas o quintal dela é muito escuro e cheio de carros e não se sabe bem que cães são aqueles, mas eu sei a que horas acordam, comem, ladram de estar a brincar uns com os outros

depois a casa do Tibas, já fica quase longe de eu nem saber bem o que se passa lá, só se estiver uma manhã completamente limpa de barulhos, limpa-limpa, muito cedo, e a essa hora é mesmo muito raro eu já estar acordado

gosto dessa hora de muito cedo, parece que a cabeça também fica mais limpa, com bom espaço para pensamentos

as coisas que chegam dos sonhos, os restos da noite, misturam-se com todas essas coisas frescas que penso de manhã, penso sozinho: penso de lembrar, penso de imaginar e penso ainda de misturar com todos os barulhos e as coisas que tenho de imaginar que estão a acontecer nas outras casas, nos outros quintais, depois, se a pessoa deixar os olhos fecharem, quase que recomeça a sonhar, até que vem alguém e nos acorda

— tás a pensar em quê? o leite vai ficar frio...

o meu pai já trouxe tudo para a mesa, nem reparei, trouxe torradas, fez um ovo que fica meio amolecido e amarelinho, que é uma receita que ele aprendeu com uns alemães lá mesmo da Alemanha quando ele estudava lá
— tava mesmo a pensar... a verdade mesmo?
— a verdade mesmo
ele sorri, desliga o rádio, endireita os óculos na cara, coça a barba, morde a torrada
— tava a pensar nos restos da noite... e no mapa dos barulhos
— nos restos da noite?
— e no mapa dos barulhos...
— mas come
— de manhã aqui na nossa rua faz bué de silêncio, nunca reparaste, pai?
— já reparei, sim
— e às vezes eu tou acordado já a essa hora, fico então a misturar o resto dos pensamentos da noite com esses barulhos que se ouvem bem lá no meu quarto
— tu? cedo?
ele a duvidar
— juro mesmo, duvido que alguém daqui da rua conhece melhor os barulhos que eu
— quais barulhos?
— todos: coisas, bichos e pessoas; bicho também inclui as andorinhas da casa da tia Iracema, claro
— queres boleia para ir à natação? hum?
— tou ainda a pensar, pai
— pensa então

em vez de me vestir lá em cima, a minha mãe, de mimo, tinha preparado a roupa toda ali numa cadeira da sala, o fato de banho, os calções e a blusa vermelha que eu gostava por me dar sorte

— vamos todos juntos?

perguntei

— nós só vamos às 10, mas tens que ir antes, tem a concentração e o aquecimento, só depois é que é a cerimónia da abertura

— e sabes quem vai? da nossa família?

— acho que vai todo mundo

— a tia Rosa e o tio Chico?

— vão sim

— os primos?

— acho que sim; come

a minha mãe, por alguma razão parecia mais nervosa que eu

para dizer a verdade, isso foi bom, tipo que o meu nervosismo estava todo emprestado a ela

foi me buscar a mochila, pôs lá uma sandes que até tinha um bom pedaço de queijo, a toalha, os chinelos e o cantil todo congelado com o sumo que ela tinha preparado no dia anterior

— queres provar o sumo?

ela fazia cara de mimo

— provar como? não tá congelado?

— deixei um bocadinho que não congelou, prova

— hummmm, mas é doce, doce mesmo!

— não gostas assim?

— adoro! tá tipo melaço

— mas é só hoje, porque isso faz mal à saúde

— poça, mãe, tudo também faz já mal à saúde, mas qual saúde mesmo?
— à saúde dos dentes; bom, tá tudo?
— tudo, sim
— então, vai bem, nós vamos estar lá, às 10, porta-te bem
— sim, mãe

sair de casa, de manhã, fosse para ir onde fosse, às vezes deixava-me triste, além do nervosismo que começou a chegar com mais força, o dia do último dia da natação ia ter apresentações das várias turmas, ou divididos por turmas ou idades

do meu grupo não íamos ter corridas, era só uma coisa assim de mergulharmos todos no início e depois — ai uê! — a piscina de saltos

eu imaginei a altura da piscina de saltos e deu-me logo uma cólica bem forte na barriga, disfarcei

despedi todo mundo, a minha mãe fechou a porta

dei encontro com o Bruno Viola e fomos devagar a andar à toa e meio calados

no fundo, acho eu, a verdade é que nem eu nem o Bruno gostávamos muito da natação, no princípio talvez, aquela novidade de irmos juntos e até de conhecermos outros miúdos lá

o Bruno também tinha ficado muito entusiasmado de ver algumas miúdas de fato de banho e ainda pensou que as casas de banho fossem com as meninas e os rapazes a tomar banho juntos, mas nada!, um dia foi o caminho todo a falar dos tipos de fato de banho que as meninas usavam na praia, que tinha do tipo bikini-normal, bikini--reduzido, bikini-entalado, que também era conhecido como bikini-na-gaveta e ainda o afamado, dizem que isso vinha mesmo do Brasil, bikini-que-depois-de-molhado-dá-para-ver-quase-tudo, incluindo a xoboita

hoje dá-me vontade de rir dessa palavra

foi, sim, da boca do Bruno que eu ouvi pela primeira vez essa palavra, demorei alguns segundos ainda a confirmar que era mesmo aquilo que eu pensava, um bikini-quase-transparente o que daria mesmo para ver? só podia ser aquilo

o Bruno dizia a palavra xoboita de um modo todo diferente, parecia que estava com febre na boca de falar as palavras, isso era um truque dele antigo, sempre que queria falar de malcriado mudava a voz, ou o tom de voz, e uma vez a mãe dele lhe bateu porque lhe apanhou a contar umas estórias todas de sexo e malcriado mas com sotaque italiano a gemer como se fossem duas pessoas

mas com o tempo vimos que as meninas só usavam mesmo um fato de banho completo, normalmente até azul-escuro ou mesmo preto que não tinha transparências nenhumas nem mesmo quando todo molhado, ainda por cima as meninas da natação não estavam ali para brincar nem para conversar, só queriam nadar toda hora e as mais velhas, que já tinham assim as xuxas bem boas de olhar, nem nos ligavam nenhuma por mais que o Bruno dissesse palavras com aquela voz de febre

ou então riam dele e diziam

— cresce e aparece

frase que nós nem entendíamos bem mas acho que era para irmos brincar com as pessoas da nossa idade, mas o Bruno, que era especialista nessas coisas de malcriado, disse que era mesmo assim, que um homem nunca desiste e que se elas diziam aquelas coisas era mesmo porque gostavam dele e do sotaque italiano que ele inventava a imitar as tais cassetes, não sei

uma vez no duche antes de entrar na piscina o Bruno foi lá dizer qualquer coisa e depois veio a rir, mandou-me olhar para o fato de banho da menina na parte de cima, onde os biquinhos das xuxas dela estavam todos durinhos e disse que aquilo era "o resultado"

— o resultado, Bruno? não tou a entender
— é assim que elas ficam depois de falar comigo

não entendi nada, não sabia o que tinham os biquinhos duros dela a ver com as falas do Bruno e, com o tempo, cadavez aquilo da natação parecia masé um bocado chato, às vezes ao fim da tarde, sobretudo nestes meses de quase cacimbo, já fazia frio, corríamos para aquecer antes de entrar na água, mesmo assim estava muito fria e já ninguém tinha paciência

é por isso que, de certa maneira, esta festa do fim do ano da natação acabava por ser uma coisa boa, por um lado significava que íamos ter férias, ficar algum tempo sem as aulas; e por outro, talvez no ano que vem ninguém se lembrasse de nos inscrever outra vez

dei encontro com o Bruno Viola e fomos a andar à toa e meio calados, o combinado era que ninguém esperava ninguém mas íamos devagar para ver se encontrávamos outros que também iam para lá, talvez o Kanini, mas de certeza que o Shaka e o Kiesse também iam, porque eles já tinham aquelas corridas de competição, de nadar mesmo com força e acabar todos transpirados mesmo de estar dentro da água

e foi: primeiro o Shaka, que vinha todo bem-disposto e já a suar, não sei porquê; e depois o Kiesse, também bem-disposto mas sem estar a suar

— comé, tudo fixe?

o Shaka nos perguntou

— tudo, ya

— mas tu já tás a transpirar a esta hora?

o Bruno mesmo era perguntador sem maneiras

— fui correr

— correr? porra, eu se tivesse que ir nadar já não corria, o meu corpo não aguenta, ou bem que se faz uma coisa ou bem que se faz a outra

— é bom, logo de manhã, é só uma volta de aquecimento; vocês hoje vão nadar também?

— não... — fiquei meio atrapalhado — nós...

— nós não fomos ainda chamados para as corridas de 50 metros, a nossa turma só começou há pouco tempo

o Bruno já é que disse

— então vão lá só assistir a cerimónia?

o Kiesse perguntou, mas nem era a estigar

— vamos participar, na piscina de saltos

— ah, é muito fixe, vocês vão gostar — o Shaka parecia que não falava muito a sério — o ano passado nós saltámos, mas só no dia dos saltos é que o professor nos disse que íamos saltar da última prancha...

o Shaka começou a correr de novo, o Kiesse foi atrás dele, saíram a rir e a olhar para trás a ver se nós lhes perseguíamos

— vamos?

ainda perguntei

— não; nós, dos saltos, não precisamos de aquecimento

o Bruno falou

ali, comecei a ficar preocupado, a piscina de saltos tinha quatro pranchas, se a primeira já me parecia alta, nem queria imaginar a quarta prancha

e essa estória de dizer à última da hora, acho mesmo muito injusto, porque as pessoas têm que se preparar, sentir bem as coisas durante os treinos, entender as alturas e sobretudo entender o modo de cair na água

deu-me logo uma cólica daquelas repentinas

— tás bem?

o Bruno perguntou

— tou fixe, só uma dor aqui

— podes ter apanhado aprendecite, um primo meu tava numa festa e...

— "aprendecite", Bruno? — agora sim, eu tinha uma dor maior, mas era da vontade de rir — diz ainda de novo para eu aprender bem essa palavra

— a-pren-de-ci-te!

— ai, Bruno, não me faças rir mais... tu é que tens que aprender uma coisa, é apendicite

— apê-quê?

— apendicite!, o meu pai teve isso há pouco tempo e não se apanha em lugar nenhum, é tipo infeção, demora horas a doer e não passa

— agora és doutor ou quê? tás muito armado

o Bruno ficou fraco de eu lhe estigar daquela palavra

— desculpa, não era para te estigar, é só uma dor de barriga, é que fiquei a pensar nessa coisa de nos mandarem saltar à última da hora doutra prancha

— eu não salto; qualquer coisa desmarco mesmo

— desmarcas, Bruno? com a tua família que vai estar ali toda a olhar à espera de bater palmas no teu salto?

— porra, oxalá que não inventem esses saltos de última da hora

— ouve inda, Bruno... ontem quando saltámos, naquela prancha mesmo junto da piscina, correu tudo bem com o teu salto?

— correu bem, como assim?

— não sei, saltaste só e pronto?

— sim, foi normal, mas hoje a professora já avisou que será da primeira prancha, aquela primeira, em cima

— eu sei... mas mesmo assim devíamos ter ensaiado ontem

eu nunca contei ao Bruno, não contei à camarada professora da natação, porque não dava para contar a uma menina, quer dizer, a uma mulher, e não vi nenhum outro colega com cara de dor ou a querer contar alguma coisa, todo mundo estava contente com o salto, alguns ainda quiseram repetir, a professora até deixou

depois, quando íamos ensaiar o salto da tal primeira prancha, já tava muito frio e muito escuro

há coisas que não dá para uma pessoa falar, não dá mesmo

quando chegámos lá, a piscina parecia um lugar daquelas galas, toda cheia de balões, cores, bandeirinhas, e uns altifalantes que davam umas músicas bem boas, as meninas tavam a fazer corridas de aquecimento e os professores preparavam tudo para a sessão de abertura, muitos pais já tinham chegado, familiares e outros, e eu nunca pensei que fosse haver tanta gente para nos assistir

fomos lá dentro trocar a roupa

a professora veio falar connosco, dar algumas instruções: para nos portarmos bem; ia haver algumas voltas de aquecimento mas não era obrigatório; depois alguém ia dizer umas palavras no microfone e ela não sabia ainda se também ia sair hino nacional; então tínhamos que ficar lá do outro lado da piscina, onde está a relva, à espera que acabassem as provas de natação, daqueles que iam mesmo nadar nas corridas, depois é que ela ia nos fazer sinal, nós íamos todos em fila, subir a escada e… saltar da primeira prancha

o meu coração ficou bem aliviado, pensei que ela ia dizer que era a última prancha

— tudo bem, Ndalu?

ela veio me cumprimentar

cheirava bem a camarada professora de natação, a pele dela, o cabelo dela

— tudo bem, camarada professora, posso levar a mochila lá para fora?

— podes sim, tás preparado para saltar da primeira prancha?

a mão dela toda devagarinho no meu ombro e depois na minha bochecha, eu acho que as mulheres entendem assim de umas coisas de adivinhar os pensamentos das crianças

— acho que sim

ela olhou para trás, ninguém estava atento à nossa conversa, bateu as palmas, disse

— todo mundo lá do outro lado; sentem-se juntos

mas ficou comigo ali sentada

todo mundo saiu

— depois do salto, queres que eu espere por ti dentro da piscina?

ela pensava, acho eu, que como outras crianças, eu tinha medo da piscina de saltos, todos nós já vimos aquela piscina vazia, é muito, muito funda, dizem que tem seis metros de profundidade e quando tem água fica toda escura que até assusta algumas crianças

— eu sei nadar, camarada professora, não é preciso me esperar dentro da piscina, muito obrigado

ela pensava, tenho a certeza, que eu tinha medo de me afundar na piscina de saltos, mas não era isso, não era esse o medo

o sol tinha chegado com toda a força, tava calor a sério

sentei, espreitei na mochila: o cantil ainda tinha gelo e só tinha começado a derreter, ainda podia aguentar mais duas horas, o soviético não brinca quando faz esses cantis de plástico que aguentam toda a noite na arca e não rebentam

comecei a olhar assim com os olhos fechados para ver quem estava lá na tribuna onde sentavam os convidados, bué de gente, nem dava para entender quem era quem

reconheci primeiro a barriga bem redonda do tio Chico, aí comecei a olhar para quem estava perto: a tia

Rosa tinha vindo, os meus pais, as minhas irmãs, até primos mais velhos, a tia Tó, a avó Agnette

até, se não me engano, acho que reconheci o senhor Osório pelos óculos escuros e pelo modo como puxou as calças até ao sovaco quando se levantou por um tempinho

as corridas iam começar, um camarada no microfone chamava os nomes dos atletas, um por um, e eles tinham que deixar a toalha, aproximar-se da pista com o número deles, e levantar a mão

o público batia palmas, aquilo começou a dar muita ilusão, uma pessoa até podia pensar que era tipo uma cerimónia dos jogos olímpicos ou quê, se bem que aqui em Angola seria difícil os atletas andarem com aquela chama acesa pelas ruas, isso foi o Bruno que me disse um dia

— porquê difícil? — eu queria saber — até dava, aqui temos atletas que correm bem, correm maratonas, não iam aguentar levar aquela tocha acesa até ao estádio da cidadela?

— não tás a captar... primeiro: não sabemos se a tocha ia aguentar acesa o caminho todo ou se o petróleo ia acabar...

— falas à toa

— segundo, e o principal: ele nunca ia chegar ao estádio

— como assim?

— iam lhe gamar a tocha no caminho, você num brinca com Luanda!

o camarada do microfone chamava os nomes e ouvimos "Victor de Carvalho", batemos palmas com força, esse era o Shaka que nadava bem e até saiu em segundo lugar

depois chamaram "Kiesse de Sá", mas o Kiesse estava distraído e não aparecia, o camarada insistiu já quase a desistir:

— Kiesse de Sá! de Sá!

o Kiesse veio a correr bem assustado, mas o camarada do microfone estava só a brincar, ainda lhe chamou, para nossa grande inveja, para fazer uma brincadeira com ele no próprio microfone

— és tu, Kiesse de Sá?
— sim, sou
— "sou" ou "Sá"?
— Sá

nós todos a rirmos bué, a assistência também
— só Sá?
— sim, só Sá

batemos palmas, assobiámos

o Kiesse também era um grande nadador, nós sabíamos, tinha outros nadadores até mais altos do que ele, mas o Kiesse nadava bué rápido e tinha estilo

todo mundo a bater palmas, ele a caminhar ainda devagar a fazer de gingão e a rir, acho que os outros atletas ficaram nervosos a pensar que ele tinha cunha ali na piscina do Alvalade e que todo mundo batia palmas porque gostava dele, ainda por cima, muitos da minha rua começaram a assobiar e a gritar tipo claque da rua Fernão Mendes Pinto

— só Sá!... só Sá!... só Sá!...

o Kiesse riu ainda mais, a olhar para nós, assim a fingir que era para nós pararmos com aquilo mas todo contente que nós tínhamos começado a gritar o nome dele que o camarada do microfone tinha inventado, "só Sá!...", até o professor que dava o sinal da largada teve que esperar que as pessoas parassem de fazer barulho e o Kiesse se concentrasse de parar de rir para começar a nadar aquela corrida que era difícil porque era de cem metros, ida e volta, só não me lembro se era cról ou bruços

depois do microfone, depois das palmas, depois do riso, depois do estilo dele de ir a andar até à pista dele que era a última, depois de ter mergulhado muito bem de cabeça, o Kiesse foi quase sempre em segundo, bateu lá do outro lado e tava na reta final de voltar

— só Sá!... só Sá!... só Sá!...

começámos a gritar

depois dos gritos, depois do suor dentro da água, depois dos últimos dez metros, o Kiesse parecia que tinha ligado o turbo e ganhou de longe

nem já os meninos mais altos que ele, o Kiesse era assim: ganhava quando tinha que ganhar, acho que a família dele devia estar toda contente lá no público da assistência a ver ele sair da água e a saltar assim tipo que tinha ganhado a medalha de ouro dos jogos olímpicos, o "só Sá" tinha mesmo ficado em primeiro lugar e o Shaka saltou uma barreira para ir lhe dar um abraço enquanto os da minha rua gritavam e se abraçavam tipo que nós todos é que tínhamos acabado de ganhar a corrida de cem metros depois houve outras corridas e um intervalo

anunciaram que iam começar as provas na piscina de saltos

o gelo do cantil tava quase todo derretido, eu sei abanar o cantil e ainda entender o tamanho da pedra de gelo que está lá dentro, era quase pequena, mas não faz mal, mesmo quando todo o gelo desaparece, ainda fica boa temperatura durante quase uma hora

os mais velhos que iam saltar mesmo em competição tinham ido fazer aquecimento e apresentação, a camarada professora mandou tirarmos a roupa e ficar só de fato de banho, havia dois miúdos bem entusiasmados com o nosso salto, eu e o Bruno tirámos a roupa devagar

— achas que é muito alta aquela primeira prancha?

mas o Bruno só queria era beber o sumo do meu cantil

— posso tirar mais uns coche?

ele bebia já assim tipo que queria matar a sede toda de uma vez

— calma então, deixa também para depois do salto

— tá muito cuiante!

— mas o teu devia tar mais cuiante ainda, porque já acabou e nem provei

guardei o cantil, o gelo já tinha mesmo derretido

a camarada professora de longe apitou, era o sinal

em fila, uns atrás dos outros, íamos saindo da nossa posição em direção à piscina de saltos, "em ordem", a professora dizia, de longe, sem falar, mas eu lia as palavras nos lábios dela

eu parado, a deixar todo mundo passar

eu parado, a procurar na minha saliva os restos do açúcar doce do sumo que a minha mãe tinha deixado todo melaçado para mim naquela manhã dos saltos, eu parado, a fingir que o sol me batia nos olhos e eu não podia ver os meus primos todos levantados a bater palmas quando o camarada do microfone disse também o meu nome, eu parado, a fingir que não tinha visto que a tia Rosa tinha se levantado também, muitos pensavam que era para bater as palmas

mas eu sei e ela sabia também

ela tinha se levantado porque o coração dela sentia quando o meu coração tava apertado e eu não estava a seguir os meus colegas da fila para a escada que sobe até à primeira prancha da piscina de saltos

eu parado, até que alguém me deu um encontrão nas costas e disse "vamos!", de repente eu vi que estava a caminhar, como todos os outros, em fila, em direção ao nosso salto

quantos éramos? quanto tempo demorava cada um a aproximar-se da borda da prancha? quem olhava para a borda da prancha antes de saltar? quem tinha medo de saltar?

não sei, às vezes eu não sei lembrar

ouvia o barulho dos colegas a entrar na água, um ou outro a camarada professora puxava com um pau comprido, assim que eles apareciam na superfície da água depois do salto

as bolhas na água eram bonitas, o barulho era bonito

a família ou os amigos de cada um deles batiam palmas, depois do salto, durante o salto, até o Bruno saltou, quando voltou a sair tinha a cara bem vermelha e disfarçava que tava tudo bem, mas eu conheço a cara de assustado dele, esfregava as mãos, ia a saltitar em direção às nossas toalhas, o sacana devia estar todo pronto para ir beber do meu sumo outra vez

subi as escadas

a primeira prancha da piscina de saltos ficava mais alto do que aquilo que uma pessoa pensa quando tá lá em baixo, a água da piscina fica mais bonita com os reflexos do sol, vê-se melhor, muito melhor, as pessoas que estão na assistência a olhar para nós, vê-se bem as roupas e os risos e as mãos a darem tchau da nossa mãe, do nosso pai, das nossas manas, dos tios, dos primos todos, vê-se bem as calças do senhor Osório quase metidas nos sovacos, vê-se muito bem a cara da tia Rosa concentrada a olhar para mim, para os meus olhos, para as minhas mãos, sem saber o que eu ia fazer, quase vejo bem o coração apertado da tia Rosa a olhar para mim

a primeira prancha da piscina de saltos parecia que ficava mais alta do que a varanda da minha casa onde eu já tinha saltado com o Jika mais do que uma vez

dali de cima, a camarada professora de natação fica mais bonita com os reflexos do sol na cara dela

eu era o penúltimo, avancei, devagar, quase até à pontinha da prancha, olhei o verde-escuro do fundo da piscina, seria verde aquela cor? fiquei mesmo na pontinha

se calhar todo mundo pensou que eu ia já saltar, não havia nenhum ruído, nem da assistência, nem do camarada do microfone só a voz que ninguém podia ouvir, ali em baixo e tão perto, aquela voz doce:

— salta, Ndalu... eu apanho-te aqui em baixo — a camarada professora de natação meteu-me impressão naquele momento — salta...

a voz dela era esse pedido que eu ia levar anos para entender

não era o meu salto que eu falhava, era a ela, tenho a certeza de que se eu tivesse uma botão de *pause* eu podia lhe explicar o que se passava, que não era medo da altura, que não era medo de me afogar, que não era medo de não saber nadar, ou da profundidade da piscina de saltos

não era esse

quando eu recuei para o início da prancha, todo mundo pensou que eu estava a apanhar balanço para fazer a maluqueira de ir a correr e saltar

isso seria muito bem bonito

talvez me batessem palmas, talvez na rua fossem dizer que eu até tinha recuado para apanhar balanço e que o meu salto tinha sido todo espetacular, o último da fila, quando me viu assim a vir todo decidido na direção dele, ainda me olhou com ar de admiração, disse "vai!", com a inveja que ele tinha de não ter a coragem de fazer a mesma coisa, porque quando eu fui na direção dele, eu estava a sorrir bem devagar, mas ele viu

ele viu que eu estava a sorrir e pensou que eu tinha esse plano de saltar a correr para todo mundo me bater palmas

só eu sabia que já não ia saltar, eu e a tia Rosa

ela quando me viu virar as costas e voltar ao início da prancha, ela ao ver o modo como os meus pés pisavam a prancha, quando ela se sentou naquele momento antes de todo o mundo, já sabia que eu não ia saltar

cheguei perto do último da fila

— bom salto!

lhe disse

toquei no ombro dele porque era mesmo verdade que eu desejava que ele desse um bom salto

comecei a descer as escadas, ele saltou, a camarada professora esticou o pau dentro da água para ele se segurar quando voltasse cá acima

não tive coragem de olhar para ela, fui a caminhar em direção à minha toalha onde o Bruno me esperava com a boca tão aberta que eu quase pensei que o queixo dele fosse cair

— fecha a boca, Bruno, vai entrar mosca!

— mas, tu...

— o quê, Bruno?

eu olhei para ele com cara séria e as lágrimas quase a me saírem dos olhos que eu já nem conseguia distinguir as cores lá na assistência para entender onde estavam as pessoas todas da minha família que tinham vindo só para me ver a não saltar

— o que foi, Bruno?

— não... quer dizer... não encontrei o teu cantil na tua mochila

ao longe, a camarada professora de natação olhava para mim com ar triste, eu não sabia o que fazer, não sabia o que tinha que dizer

— não encontraste o cantil — peguei na mochila dele, abri — porque ele tá aqui!

— o filho da caixa

o Bruno riu

— se estivesse na minha mochila já não ia encontrar nem uma gota

agora os mais velhos saltavam a sério, piruetas, saltos de cabeça, segunda prancha, terceira prancha, última prancha, havia gente que saltava da última prancha!, sem medo, de cabeça, de saltos mortais, até de pé, o último que saltou entrou de pé, direitinho, parecia um prego!, os braços colados ao corpo e as pernas juntinhas, um prego

— era isso... — pensei — caramba, era só isso: as pernas juntinhas...!

bateram palmas, acho que era o encerramento

o camarada do microfone agradecia e dizia a gritar "e agora, todos para a água", sendo que ele mesmo foi o primeiro a tirar o chapéu e a mergulhar mesmo de roupa, outros imitaram, os professores todos na água a fazer confusão e a brincar

o Shaka foi a correr e mergulhou de cabeça, o Kiesse também, outros da nossa rua, de repente a piscina de 50 metros era um mar de gente a brincar na água

— vamos s'atirar — o Bruno gritou — no meio dessa confusão ainda vou apalpar as mamas duma miúda

foi a correr saltitante a fazer sinais com a mão para eu ir também

a camarada professora de natação tirou a roupa devagar, o corpo todo bronzeado mais o suor daquela hora de facto davam razão ao Bruno, há mulheres que têm uns corpos que uma pessoa desconsegue de não olhar assim a pensar em lábios na pontinha de um baleizão todo saboroso

ela mergulhou de cabeça na piscina de saltos, fez-me sinal para eu mergulhar ali, eu fui

entrei pelas escadas, ela ficou afastada de mim, devia ser para ver se eu tinha medo, eu juro que eu não tinha medo de nadar, ficou parada, à espera, a ver-me chegar até ao meio da piscina, havia confusão, não se ouvia muito bem

ela de novo tinha o olhar carinhoso, só que mais bonito, a pele mais transpirada e as sobrancelhas enormes e todas molhadas, nadava perto, muito perto, mas sem me ajudar, para ver quanto tempo eu aguentava

— diz-me

— o quê, camarada professora?

eu já bem cansado mas a disfarçar que tava tudo bem

— porquê?

a cara dela toda pingada, bronzeada com aquelas gotas de água que não param de escorrer e só travam nos lábios inchados que ela tinha

— não posso dizer, camarada professora

— porquê?

— não posso mesmo

ela ajudou-me a nadar até às escadas, viu-me sair, falou com as palavras silenciosas de ter que se ler nos lábios

— adeus, doutor Luís

pela primeira vez, eu respondi também com os lábios em voz de silêncio

— adeus, Cabocla

brincadeira dela antiga, por causa do meu cabelo quando ficava molhado assim todo para trás, de dizer que eu parecia o doutor Luís da telenovela *Cabocla*

ninguém estava à minha espera porque o combinado era mesmo eu ficar até ao fim e voltar para casa a pé, com os cambas da rua

depois dos banhos de chuveiro, fomos andando

cada um ia ficando na sua casa, o Shaka com a medalha dele, o Kiesse com a medalha dele, eu e o Bruno continuávamos até ao fim da rua

— mô Ndalu

o Bruno tinha voz de pedido

— é o quê?

— no ano que vem, se formos outra vez à natação...

— hum?

— pede só à tua mãe para me fazer um sumo desses também

— positivo!

ele entrou na casa dele

— comé, logo?

— yá, logo!

entrei em casa e acho que todo o mundo estava a descansar, as manas a ver televisão, aquelas cenas de circo que sempre repetiam ou então eram as cenas do Charlô a preto e branco que de facto, àquela hora de meio da tarde, davam mesmo era para ferrar uma boa galha

fui comer qualquer coisa, adormeci na sala também

— filho... vamos jantar?

a minha mãe a acordar-me no sofá, a mesa já tinha sido posta e até cheirava a comida boa

— não sei se tenho fome

— deves estar cansado, todo o dia lá naquele sol

— mas eu nem saltei...

— não faz mal

— vocês tavam lá naquela parte que começámos a gritar "só Sá!"?

— estávamos sim, estava todo mundo, a tia Rosa, até o senhor Osório

comi qualquer coisa, não tinha muita fome

duas coisas não me saíam da cabeça: o gosto do fim do sumo, com os restos de açúcar a entrarem na minha boca e os lábios da camarada professora de natação

a minha mãe veio me perguntar se eu queria dormir na cama dela, de mimo, nessa noite e eu disse que não, que tava tudo bem, ia dormir mesmo na minha cama

— não sonhes mais com o salto de paraquedas

a minha mãe a tapar-me, festinha na cabeça, beijinho na bochecha

— não faz mal, mãe... já posso saltar de novo — fechei os olhos — já sei a cor do meu paraquedas, abro assim quase antes de bater no chão

— qual é a cor?

— não posso dizer antes de saltar, dá azar, desculpa lá

— tás desculpado, filho

quando a minha mãe saiu, eu nem estava ainda a dormir, eu sei ficar quieto por muito tempo e até mudar a respiração para os mais-velhos pensarem que eu estou a dormir, e conheço o barulho da respiração da mana Tchi quando ela já está a dormir

a cor dos lábios da professora de natação, quer dizer, a cor dos lábios dela não tem nada a ver com a cor do meu sumo mas para mim, naquele momento, era a mesma cor, era esse pensamento que não me deixava dormir, a cor do sumo não era a mesma cor dos lábios dela nem era a mesma cor da pele da Cabocla da telenovela, mas era: eram!

numa casa mais longe, alguém tinha ligado o rádio, quanto mais fechava os olhos melhor dava para ouvir a música: *"olhando em seus olhos, vi a sua alma, sua voz macia, me deixou mais calmo..."*

sorri e sorri, segredo só: meu; e da Zuca.

para me segurar, pus o braço esquerdo debaixo da almofada

assim

podia sonhar que me atiravam da parte de trás do avião, eu tinha uma cor, essa cor ia abrir o meu paraquedas

assim

eu podia adormecer em paz.

— mas não é gatuno?
— gatuno, não! camarada gatuno, se faz favor...

[da conversa entre o camarada polícia
e um camarada gatuno]

[...] calado eu penso: o mundo meu e dos outros seria outro,
se eu pudesse falar com uma voz toda cheia de palavras...!

[mudo Zeca-da-Raiz]

era fim da noite
quando chamaram alguém para ir dar gelo ao gatuno, eu tive que fingir que ele ainda estava lá
mas eu, o mudo Zeca-da-Raiz e o doutor Gasparinho é que sabíamos: o camarada gatuno já tinha saltado o muro.

o tio Chico sempre me disse que tem muita dificuldade em acreditar nas pessoas que visitam a casa dos outros sem tocar à campainha, eu já aprendi
se for à casa de outra pessoa vou sempre tocar a campainha, ou pelo menos, como se fazia antigamente, bater palmas
o tio Chico disse logo depois de comer que as moelas tinham lhe caído mal, isso eu posso testemunhar porque ouvi e fui buscar aquele frasco branco com sais e frutos ou quê

que o tio Chico arrotou duas vezes, também me lembro, a tia Rosa só disse

— também, tudo te cai mal, tens que ir ver o estômago

e ele ainda respondeu

— tá calada, que tu não és o doutor Gasparinho

depois é que eu fui buscar o frasco, e não encontrei

quer dizer, eu até compreendo, uma pessoa vai ficando irritada, primeiro o tio tinha chegado cheio de fome e não havia nada para petiscar, mesmo as azeitonas com alho que ficavam guardadas na velha caixa de margarina estavam meio estragadas e o tio Chico, que varre tudo, foi cuspir perto da árvore

depois o barril, a pior coisa na vida do tio Chico eram duas, ou não haver cerveja ou o barril estar todo quente como ele detestava, a terceira pior coisa nem vale a pena eu dizer que é a cerveja vir "choca", que é sem gás de fazer as borbulhas que picam na garganta quando os mais-velhos já estão a pousar o copo antes de arrotar

o barril estava vazio e ninguém não tinha se lembrado de pôr o barril substituto dentro desse quartinho que era a arca frigorífica

— Dalinho, vamos mudar o barril

eu virava ajudante, de transportar era ele, com uma mão, como se o barril fosse sempre leve-leve

quem tinha vindo com ele era o Mogofores, mas esse era tão fininho que nós lhe estigávamos de "olívio palito" ou então dizíamos "chegou o primo do Vaz; esse é o segundo homem mais magrinho de Luanda"

mas mudar a torneira, religar a mangueira, ajustar o gás que faz as borbulhas, isso já era missão minha, sempre com o pé perto da porta para não fazerem a brincadeira estúpida de me trancarem dentro do quartinho só para me fazerem chorar

agora ainda faltava, no mínimo, meia hora para a cerveja "gelar minimamente", como dizia o tio Chico

a tia Rosa a ver se descobria alguma coisa para inventar uns petiscos, o Mogofores ficava sempre meio envergonhado à espera que lhe oferecessem alguma coisa e, ainda lá em casa, nessa semana, estava também o mudo Zeca-da-Raiz e o senhor Osório

só lá pras sete e meia a campainha ia tocar de novo, quatro toques

— é o doutor Gasparinho. Dalinho, vai abrir a porta...

— eu não!

fugi para dentro de casa enquanto a tia Rosa e o tio Chico riram a altas gargalhadas

— porquê?

o tio Chico gritou mas já sabia a resposta

— ainda ele me dá uma daquelas injeções!

do que eu me lembro mesmo bem é do bigode do doutor Gasparinho, o bigode, o sorriso escondido atrás do bigode e as sardas, muitas, nas bochechas dele, que ele até tinha um ar simpático, eu posso dizer que sim

eu que só tinha mesmo falado com ele muito poucas vezes e me metiam sempre medo

— o doutor Gasparinho vem aí e gosta de dar picas aos meninos

e eu acreditava, a avó Agnette sempre dizia que "os mais-velhos não mentem!, quando muito, enganam-se"

muitos anos com essa conversa, e na minha cabeça o tamanho da seringa do doutor Gasparinho foi crescendo cada vez mais, os olhos dele, o sorriso, tudo o que parecia então simpático, ia ficando misturado com um estranho medo que eu sentia dele, tudo nele me metia medo

alguém foi abrir, eu espreitei da sala: a mala enorme na mão, os óculos, os bigodes e as sardas, aquela pasta toda castanha e de couro devia mesmo era ter umas agulhas bem grandes dentro dela

— hum, humm, ahhah, hummm!

o mudo Zeca-da-Raiz fez os ruídos dele quando me apanhou a espreitar o quintal

eu quando ficava nervoso, ou tinha medo ou ficava uma criança mais malcriada, começavam a sair da minha boca essas palavras que normalmente uma pessoa até consegue de evitar

— cala masé a boca, sô filha da puta, antes que eu chame o tio Chico para vir te dar um apertão... não sabes que ele já partiu umas costelas do Vaz só de lhe dar um abraço que nem era de despedida?

o mudo Zeca-da-Raiz foi embora a fingir que ria com um sorriso triste na boca, eu fiquei com pena, meio triste também

mas é que eu não podia conseguir fazer tudo ao mesmo tempo: olhar o doutor Gasparinho a entrar com a mala enorme de couro e ainda responder bem à linguagem do mudo, mas ele entendia, ele entendia muito bem as pessoas e até a tia Rosa já tinha me explicado que ele sabia "ler os lábios"

na sala fazia frio de ar condicionado, todo mundo estava lá fora mas o tio Chico tinha muito esse hábito de deixar o ar da sala ligado para ele de vez em quando vir cá dentro acalmar os suores dele

— tu és como os camelos, tio?
um dia tive que lhe perguntar
ele ria a estremecer a barriga, as bochechas todas brilhantes de vermelho e calor
— porquê?
— sempre tens tanta sede
— é verdade, eu tenho sempre bué de sede
— mas nunca te vejo beber água ou sumo porquê, tio?
— sabes, Dalinho... — ele fazia uma cara séria — há pessoas que não podem beber muita água
— como assim?
— só assim
ele piscava o olho
— essas pessoas bebem o quê então?
— *whisky*, cerveja, vinho... mas sobretudo cerveja, há casos assim, isso já foi dito até por médicos
— médicos como o doutor Gasparinho?
— como o doutor Gasparinho...
ele bebia a cerveja dele, fazia-me festinhas, ria baixinho
a tia Rosa não gostava nada destas conversas, dizia mesmo alto que o tio Chico falava muito à toa e que nem gostava de ir aos médicos, todo mundo sabe, o tio Chico tinha um medo chamado pânico-das-agulhas, por isso é que não gostava de ir ao dentista, ou ao hospital a qualquer hora nem que fosse assim de visita e também detestava mesmo é que lhe mandassem apanhar vacinas ou tirar sangue, ele que até era uma pessoa grande ficava quietinho quando tinha esse medo das agulhas
— o medo faz as pessoas ficarem pequenas, né, tia Rosa?

eu apontava para o tio Chico e ela sabia que eu estava a falar das agulhas

— se faz!

ela ria a gozar com o tio Chico

eu estava já mesmo completamente cheio de frio, é por isso que estava a pensar nisso tudo, na sala eu não ia aguentar muito mais tempo, no quarto, sozinho, eu tinha medo e ainda faltava muito tempo para que a tia Rosa se viesse deitar

eu ia ter mesmo que ir para o quintal e ficar lá com eles

da cozinha, o mudo Zeca-da-Raiz olhava para mim com uma cara calma, parece que estava à minha espera, e eu precisava mesmo de uma companhia para voltar a entrar lá no quintal, enfrentar as caras deles, talvez alguém fosse gozar comigo, e de qualquer modo, de perto ou de longe, eu tinha que cumprimentar o doutor Gasparinho, porque tinha acabado de chegar e porque era mais-velho, isso não tinha como ser de outra maneira

abri a geleira, tirei uma água tónica bem gelada, passei ao Zeca-da-Raiz, ele deu-me a mão e saímos assim os dois tipo que íamos a algum casamento ou quê

escolhi de propósito o outro lado da mesa, longe do doutor Gasparinho, perto do colo da tia Rosa, do lado onde o vento traz os melhores cheiros da cozinha

a cebola que já fritou, pão quente que a tia Rosa ia reaquecer no forno, cheiro de chouriço assado, refogados que ficam no ar e que vêm também de outras casas, a casa de trás do senhor Brito, ou a casa da vizinha, a mão do João Valente, cheiro do próprio barril de cerveja, no forno talvez alguém já tenha posto um bolo que sobe devagarinho porque a Irene anda a inventar uma receita de usar só um bocadinho de fermento para não gastar mas o tio Chico já lhe ralhou porque o que não anda a gastar no fermento depois fica muito tempo a quase acabar a botija de gás, o próprio cheiro dos mais-velhos, uns que fumam cigarros hermínios, outros que dão no cachimbo, os que não fumam mas que sempre cheiram a alguma coisa, pode ser perfume ou catinga, alguns outros cheiros que era preciso pensar de onde seriam, demora às vezes anos a descobrir alguns

vou dar um exemplo

o senhor Osório, com os suspensórios e as calças bem subidas quase nos sovacos, camisa quase sempre branca e limpinha, sandálias castanhas de duas tiras cruzadas que de longe, mal ele sai do carro eu já sei que é ele

mas também aqui, é verdade, tem um truque, eu conheço o barulho de desligar do carro dele, um *opel* a diesel igual ao do meu pai, só que o dele é de outra cor, então

o cheiro do senhor Osório foi dos mais difíceis, não era perfume, não era de sabonete, eu conheço praticamente todos os cheiros de sabonetes de todas as pessoas que aparecem na casa da tia Rosa, e também não era creme de pele porque o senhor Osório, acho eu, não ia usar creme de pele que as mulheres põem debaixo dos olhos ou nas bochechas, também não era medicamento porque tinha cheiro bom e leve

até que um dia, de repente

eu entrei na casa de banho da minha casa, da minha casa mesmo, onde moro com os meus pais, e a casa de banho estava toda a cheirar a senhor Osório, eu desci a correr a saber quem tinha estado naquela casa de banho e a usar o quê, a minha mãe não sabia, nem entendeu a pergunta, depois perguntei ao meu pai e depois então ao meu avô Anibal que tinha acabado de chegar de Portugal e perguntei muito rapidamente, que cheiro é aquele?

— mas qual?

ele queria saber

— aquele que está espalhado na casa de banho!

e aproximei-me dele e o cheiro do senhor Osório estava todo espalhado nas bochechas e no pescoço dele, e ele riu

— isso chama-se água-de-colónia, ponho depois de me barbear

— e tu pediste a autorização do dono?

— qual dono?

o avô Aníbal não conhecia o dono daquele cheiro

— o senhor Osório é que usa essa água do colono

— diz-se água-de-colónia

— nem imaginas, avô, o tempo que eu andava a tentar descobrir esse cheiro

para sentar, escolhi o outro lado da mesa, longe do doutor Gasparinho, o tio Chico quis logo me provocar:

— não dás um beijinho ao doutor Gasparinho?

— homem com homem, não precisa

— então e apertar a mão?

o doutor Gasparinho, eu não sabia bem entender a cara dele

ria devagarinho, muito quieto, mexia os bigodes depois de passar a língua, depois de ter bebido o primeiro gole da cerveja bem gelada, olhava para mim a apertar os olhos que ficavam mais pequeninos, mas não me dizia nada, não me obrigava a ir lá nem dar beijinho nem só mesmo apertar a mão

— deixa o miúdo em paz

a tia Rosa abraçava-me ainda mais, sentado que eu estava no colo dela à espera que o vento trouxesse mais cheiros desses que eu ficava a pensar na minha cabeça

— ó Gasparinho — o tio Chico apontava para a mala de couro —, trouxeste a seringa para dar uma injeção?

todos riam, menos eu

menos a tia Rosa, menos o mudo Zeca-da-Raiz

— humm, ahahmmm, hummmm, humm

o Zeca-da-Raiz fez gestos com a mão e cara zangada na direção do tio Chico

— porra, esta cerveja da minha casa faz milagres — o tio Chico ainda acabava de beber o resto no copo dele — até o mudo está quase a falar!

estava na hora de experimentar a cerveja do barril, até agora tinha sido abastecimento da reserva das garrafas que o tio deixava na geleira lá de dentro, fizeram-me sinal, um quase sinal nenhum, eu é que ia buscar os finos, o banquinho já estava lá em baixo da torneirinha que ficava presa à parede, levava um copo de cada vez, enchi o do tio Chico, depois o senhor Osório também quis insistir, o Mogofores já todo vermelho, daqui a bocado ia começar a dar os arrotos dele, um copo também para o próprio mudo Zeca-da-Raiz e outro para a tia Rosa as horas sempre a passarem, a lua mais em cima, no centro, a querer subir de ficar pequena, as pombas da tia Rosa tinham todas se acalmado, na vizinhança, de ruído, nem já os gatos, só a voz dos mais-velhos

os gestos deles de comerem sem parar, até mesmo o Mogofores, na posição de segundo mais magro de Luanda, comia sem parar, o senhor Osório era de lentidão, de bem devagar a mão a ir e vir, mas dava-lhe bem também, tipo cágado, devagar ele queria ir bem longe e a tia Rosa na busca de repetição, petiscos, petiscos maiores, pão, molhos, camarões, caranguejos, até chegar a comida mais séria, não sei se era leitão assado, isso não me lembro mais

só o cheiro não posso esquecer

um carnaval de cheiros naquela noite, mais a voz do mudo a rir e a querer começar a falar, as gargalhadas pequeninas do senhor Osório com a camisa branca, os suspensórios e o cheiro da tal água do colono, o nome é que me esqueci de lhe perguntar, o tio Chico a suar muito e ir lá dentro fazer xixi, aproveitava para fazer pausa no ar condicionado frio da sala, o cheiro do bolo já pronto a esfriar na bancada da cozinha ali de fora, a Fatinha e a Irene, filhas do tio Chico, lá dentro a verem a telenovela e a me chamarem

— vem só ver, tá numa parte bem quente...

gritavam lá de dentro

— já vou, deixa então esfriar um bocadinho, senão ainda queima a língua

a tia Rosa a rir, tinha achado piada à minha frase

— este? — sacudia-me no colo, olhava para mim toda vaidosa — este vai dar trabalho..., pópilas!

elas de novo a gritarem
— vem ver a Zuca a dar beijo da boca
todos lá fora a rirem
— já vou, juro mesmo

eu já nem podia sair do colo da tia Rosa bem quentinho, todo apoiado que eu já estava quase de adormecido pelas mãos dela no meu cabelo, se eu coçasse um pouco, um bocadinho que fosse, ela ia dizer, temos que lavar esse cabelo!, ou queres ficar com piolhos?, antigamente essa ameaça resultava, eu tinha medo de apanhar piolhos, mas depois o tempo passa, uma pessoa apanha mesmo os tais piolhos mais as lêndias, põe-se shampô quitoso e os piolhos morrem, todos riram quando eu disse que o grande inimigo do piolho era um tal de quitoso, até o doutor Gasparinho que ainda não tinha dito quase nada com os bigodes e as sardas na cara dele, olhou para mim e falou

— como te chamas?
eu numa demora de resposta
— responde ao doutor Gasparinho
a tia Rosa falou a sério
— chamo-me Ndalu
— e o nome de casa?
— é Ndalu mesmo
— Ndalu-mesmo?

o doutor Gasparinho olhou a rir, para me provocar, e parece que o medo tinha começado a passar
— não, só Ndalu

foi quando, no meio da confusão de vozes e risos, de talheres e copos, o tio Chico fez cara séria, parecia mambo dos filmes de guerra quando o comandante manda parar a tropa sem falar nem assobiar

a tia Rosa parou de rir, o mudo fez cara séria também; o Mogofores fechou os olhos parecia que queria ouvir melhor; o doutor Gasparinho pegou na mala bem rápido até tive medo que ele fosse logo tirar uma seringa; o senhor Osório é que não ligou muito, fez festinhas no pescoço dele bem cheio de pele tipo pescoço do peru

— o que foi, Chico?

a tia Rosa segurou-me melhor assim contra ela

o tio Chico ainda bebeu o último bocadinho de cerveja no copo dele, entrou rápido na cozinha, voltou com uma pistola na mão

alguns assustaram, mas eu e a tia Rosa conhecíamos aquela pistola, parecia de verdade mesmo, pesada e tudo, mas era de fulminantes, só que era fulminante de pistola de adulto que fazia barulho tipo de tiro

eu ainda pensei que era brincadeira do tio Chico, mas fez sinal no mudo Zeca-da-Raiz para lhe acompanhar até lá à frente, na entrada da casa, onde parece que ele tinha ouvido qualquer coisa

— leva o miúdo lá para o quarto e liga ao Lobo, vou ver o que se passa

quando entrámos para casa, eu rapidamente fugi das mãos da tia Rosa para ir para o meu posto de observação secreto num quarto todo escuro que dava para ver a parte da frente da casa sem acender a luz, vi o tio Chico chegar com o mudo perto do único carro que estava dentro de casa e o mudo já tinha pegado num pau bem grosso de bater funji cada um dum lado, cercaram o carro

afinal o tio Chico tinha razão

dentro do carro estava sentado um camarada gatuno a mexer nuns fios perto do volante, o tio Chico apontou-lhe a pistola e ele saiu do carro devagarinho, mas o mudo Zeca-da-Raiz teve menos paciência e deu-lhe logo uma bofetada na cara e outra na zona do pescoço, mesmo com a janela fechada eu ouvi bem os ruídos até fiquei a pensar se qual é que tinha doído mais

o Lobo, a quem a tia Rosa ligou, era assim nome de família do irmão do tio Chico, o nome dele mesmo era tio António, ou Santos Pera, ou Perinha, mas também lhe chamavam de Lobo, deve ser por isso que a mulher dele, a tia Rosita, lhe chamavam de Onça

quando o Lobo chegou, o camarada gatuno deve ter preferido que ele não tivesse vindo, porque não era só de chapadas, começou também a ser surra de socos, até me mandaram não olhar mais

depois fizeram intervalo, voltaram à mesa para comer

e o Lobo, irmão do tio Chico, também não bebia pouco

— então e o gajo?

— tá lá trancado para descansar um bocadinho

nesses assuntos de gatunos e de bater, as crianças não podiam se meter, eu sabia que não era para eu falar, estava só lá no meu esconderijo a ver a cara do gatuno toda inchada

ouvi barulhos na casa de banho, alguém tinha vindo lavar as mãos, pensei que era a Fatinha ou a Irene e até fui lá só para apanhar fofocas da telenovela, porque a Zuca, embora andasse com o doutor Luís, também o Tobias gostava dela e esse era um dos assuntos principais

entrei já à toa na casa de banho e quase morro de susto e tropeço na própria mala de couro do doutor Gasparinho

— desculpe...

comecei logo a dar marcha atrás

— podes entrar, já vou sair, vinhas fazer xixi?

— não, até não

— então?

ele falava devagar, limpava as mãos devagar, virava a cabeça devagar, olhava para mim devagar

— pensei que era a Fatinha... — eu não conseguia não reparar na mala de couro meio aberta, não sabia se espreitava a mala, se olhava para ele — vinha saber uns mujimbos da telenovela

— esses não tenho, também não vi

— e o gatuno?

— parece que está lá fora

— e agora?

eu tinha curiosidade em saber se ele, como médico, ia tratar o gatuno ou ajudar a bater, se calhar até dar-lhe uma injeção daquelas que doem bué

— e agora... o teu tio é que sabe

— o doutor vai lhe dar uma injeção com agulha bem grande que pica a doer?

ele riu quase devagar

os bigodes todos a rir com a boca dele, as sardas a esticarem e a rirem com a pele dele, caramba, eu pensei, esse homem afinal tem cara de boa pessoa
— não dou injeções à toa
— o tio Chico é que me disse
— disse o quê?
ele aproximou-se mais de mim
cheirava, além do sabonete da casa da tia Rosa, a alguns cheiros de hospital
— disse que o doutor Gasparinho ia me dar uma pica
— estás doente?
— eu não
— então eu nunca faria isso
— então tem o quê dentro dessa mala toda escura?
— papéis, alguns medicamentos, o aparelho que mede a tensão, o estetoscópio
— o horoscópio é aquele dos signos, sagitário e outros?
ele riu de novo, tocou-me no ombro, era mesmo riso de boa pessoa, não tinha mais dúvidas
— não, não é esse do sagitário, esse é horóscopo e não é aparelho, o meu é estetoscópio e serve para ouvir o coração, auscultar o peito
— doutor Gasparinho, os poetas também usam estereoscópio?
— os poetas?
— a camarada professora disse que os poetas andam a ouvir os corações
— acho que ouvem de outra maneira

e a luz foi

tudo escuro no corredor, na entrada da casa de banho onde estávamos a conversar só os dois

a tia Rosa que pensava que eu estava sozinho gritou lá de fora e eu respondi bem alto: tou aqui com o doutor Gasparinho!

sentámos no chão, eu até é que lhe aconselhei, é só sentar e esperar um bocadinho, daqui a pouco já estamos habituados ao escuro e vemos melhor

— deixa-me pôr nos teus ouvidos

ele falou

sentado no chão ao pé de mim, com a mala de couro aberta

pôs o tal de estereoscópio nos meus ouvidos e comecei a ouvir um batido de coração bem nítido que parecia que vinha do céu

— ché, e é assim tipo som da aparelhagem?

— é assim, o meu coração, agora ouve o teu

ele pôs aquela coisa fria a tocar no meu peito, só que o meu coração estava bué acelerado tipo que ia sair a correr

— tá como?

— tipo que tou a correr

respondi

— estás com medo?

— já não

— estavas com medo de quê? do escuro?

— não, pensei que a qualquer momento o doutor Gasparinho ainda ia querer me dar uma injeção

— já falámos sobre isso, agora somos amigos, está bem?

— está bem

eu a falar e a ouvir o meu coração a ficar mais devagar nas batidas dele

— mas não vão soltar o gatuno?

de repente lembrei-me

— não sei, o teu tio é que sabe; talvez se tu pedires

— em makas de gatunos as crianças nem podem se meter

— pois é...

o doutor Gasparinho respirou fundo

apoiou a cabeça na parede, ficou a olhar a escuridão à espera não sei de quê, parecia triste

— e se pedirmos juntos para soltarem o gatuno?

o doutor Gasparinho sorriu

no escuro eu via algum desenho do que eram os bigodes dele a mexer, mas as sardas já não via, só de imaginar, o sorriso dele com as sardas presas na pele que mexe quando ele sorri e as sardas esticam e depois voltam ao lugar, o sorriso do doutor Gasparinho a olhar para mim no escuro e dizer devagarinho, "então agora somos amigos, não te esqueças"

ele saiu devagar, foi na direção da sala para depois ir para o quintal despedir as pessoas

— cuidado aí depois do corredor, são quatro degraus

eu falei para ele não se aleijar e cair à toa

ouvi as vozes lá fora de despedida

do meu esconderijo vi ainda o pé do gatuno quando saltou o muro, assim eu devia dar o alarme mas também ninguém não sabia que eu tinha visto, fiquei mesmo calado a ver ele a correr depois de ter saltado o coração quase me saltava do peito quando virei e dei com o vulto

calado tipo morcego-ninja, o mudo Zeca-da-Raiz tava ali quieto a espreitar o mesmo que eu, olhou sem falar nada, nem os sons que ele tenta falar, riu, fez sinal com o dedo na boca para não falarmos mais

bem baixinho, ainda disse

— hummm, ahnnn, nuhummmm...

eu concordei só com o olhar, ele devia querer dizer que aquilo ficava mesmo segredo nosso

perto da porta da saída, o doutor Gasparinho saía com a mala de couro na mão dele, fez adeus na direção da minha janela, sorriu quando entendeu que o gatuno já não tava ali

mas como é que ele sabia que eu estava ali?, isso é que não sei, só se o estereoscópio também dava para adivinhar na escuridão

a tia Rosa veio ver se tava tudo bem comigo, tava na hora de ir dormir

— tás aqui sozinho no escuro?

— aqui não estava escuro, já tava a ver tudo, tava a conversar com o Zeca-da-Raiz, às vezes dá para conversar com ele, sabias?

— sabia, sim; tá na hora de ir para a cama

assim a tia Rosa estava a pensar que eu ia começar a fazer conversa de fazer passar o tempo, mas até não, fui fazer xixi, vesti o pijama, que era assim que chamávamos esse conjunto feito só de cueca e uma blusa o mais velha possível as vozes lá fora, o Lobo e o tio Chico ainda espantados porque o camarada gatuno tinha fugido

o Osório a pegar na chave dele para ligar o *opel* que tem de se esperar pra ligar porque é a diesel e tem de acender uma luzinha amarela antes de dar à ignição, o Mogofores a arrotar cada vez mais alto e a ir à casa de banho porque não aguenta bem a comida picante, o tio Chico com preguiça de se levantar para ir buscar mais um fino, então manda o mudo Zeca-da-Raiz fazer a minha missão de finos, o Lobo a pedir ao mudo Zeca-da-Raiz mais um fino e a dizer que é o último mas já bebeu uns sete que ainda nenhum foi mesmo o último

e o próprio Zeca-da-Raiz com as falas dele que ninguém sabe bem o que ele está a dizer e o tio Chico nem tem só paciência de tentar adivinhar e fica a brincar com ele a dizer bem alto

— porra, mas tu és um mudo teimoso, sempre a tentar falar, porra, nunca tinha visto um mudo tão teimoso…!

eu sei, às vezes o Zeca-da-Raiz faz olhos de tristeza que lembram os olhos da Isaura a olhar para o Cão Tinhoso, deve ser isso de ele também ter coisas que anda a desconseguir de nos dizer, coitado

— tia Rosa, sabias que eu agora sou bem camba do doutor Gasparinho?

— não sabia, filho; fizeste xixi?

— fiz, tia, mas tava aqui ainda a pensar

— agora é hora de dormir, tu pensas demais

— mas ouve só

— diz
— todos os médicos têm bigodes e sardas como o doutor Gasparinho?
a tia Rosa começou a rir e a coçar-me a cabeça, ela sabia que se coçasse a minha cabeça eu não durava nem cinco minutos
— dorme que já é tarde
— está bem
fechei os olhos
quase via as sardas do doutor Gasparinho, quando ele ria, tipo que saltavam e trocavam de lugar umas com as outras
é bom esse momento em que um medo tão grande deixa de existir dentro de nós, agora ninguém já não podia me ameaçar com as injeções do doutor Gasparinho
nunca mais.

o som do meu sonho
era o próprio coração dele a bater devagar e perto do meu coração a bater mais rápido
ali
onde tínhamos estado sentados
na nossa escuridão curta dessa noite maluca.

*[...] palavra de honra que eu não sabia
que a pior coisa era chamar a dona Vicência de... dona Vicência!*

[senhor Osório]

era normal

nesse lado da família, terem alcunhas de animais

mas uma pessoa tinha que ter esse jeito de saber quando é que podia usar esses nomes — e quando é que não devia.

o irmão do tio Chico, o nome dele assim mais conhecido era o Santos Pera, mas na casa do tio Chico, se alguém dissesse "o Lobo vem aí", sabíamos que era o Santos Pera

assim: a mulher dele, a tia Rosita, era a Onça

e, não sei porquê, a Tita, que era muito amiga da tia Rosita como se fossem irmãs ou quê, o nome dela era Pacaça, então para não complicar mais: a Onça era a mulher do Lobo; a Pacaça era a amiga da Onça, mas a mãe da Onça tinha um nome de código que eu não sei quem lhe deu mas até eu, que era criança

sabia que não se devia dizer isso a ninguém que não fosse da nossa confiança e "os da nossa confiança" eram só os que frequentavam o quintal do tio Chico

ah, lembrei

o nome de código da mãe da Onça era Dona Vicência

acho que o senhor Osório, de ser português ou mesmo desse hábito dele de usar as calças quase na altura dos sovacos, não entendeu bem as coisas, coitado do senhor Osório

talvez o tio Chico tenha feito de propósito

o tio Chico era muito brincalhão de uma maneira que às vezes só ele achava graça nas brincadeiras, gostava de fingir que não tinha visto os pés da avó Graziela no caminho e pisava no calo do pé esquerdo dela, que todo o mundo sabe que isso devia doer bué, mas ele fazia

uma vez, sem querer, deu um apertão na mão da tia Rosa e partiu um dedo, já para não falar nas costelas do Vaz depois do famoso abraço

o mudo Zeca-da-Raiz também sofria com as brincadeiras dele de quase ser afogado na praia só para ver se o mudo aguentava debaixo de água ou se, como dizia o tio Chico

— o gajo um dia vai falar, só para não morrer afogado, vocês vão ver!

num sábado desses de de-manhã com o sol bem quente e a tia Rosa já a me mandar ir pôr o chapéu para não apanhar sol na cabeça, que "faz mal" e depois ainda me dá ataque de sinusite ou mesmo de asma

— mas, tia Rosa, asma não é mais assim no tempo do cacimbo, de andar a correr e a suar depois das cinco da tarde?

— shiuu!, pouco barulho, vai masé buscar o chapéu

antes das nove horas, a tia Rosa já tinha achado aquilo tudo muito estranho, o tio Chico não costumava atrasar assim na missão de ir buscar o gelo e, quando voltou, chegou ao mesmo tempo que o senhor Osório

— tia, o senhor Osório hoje vai ir connosco para o Mussulo?

— não se diz "vai ir"... mas não sei — a tia Rosa já estava irritada, mas não era comigo, era com os atrasos forçados do tio Chico — pergunta ao teu tio, ele é que sabe

— eu acho que o senhor Osório não sabe nadar... e ainda tem outra coisa

eu comecei a rir com a boca escondida

— o que foi?

— será que ele tira mesmo os suspensórios para entrar na água? ou aquilo já é assim tipo segunda pele dele, preso no fato de banho tipo charlô dos filmes?

o tio Chico ainda veio devagar e a rir, a tia Rosa ficava ainda mais irritada, ele assobiou ainda o começo da música *não venhas tarde...*, a tia deu-lhe uma olhada daquelas que ele nem começou a falar a letra, o senhor Osório tinha entrado com ele a ajudar a carregar os tais sacos de gelo

— ó Chico, esse gelo não vai já para o carro? são quase dez horas a tia Rosa batia com as mãos no avental para fazer barulho de mostrar que ela já não estava a achar graça nenhuma

— ó filha, tem calma... uma missão de cada vez! Dalinho — a voz dele já mais de brincadeira a me chamar, eu sabia, para ir lhes servir os finos bem gelados — vê se está aí o banquinho para tirares uns finos para o senhor Osório, ele tem agora uma missão que vai bem precisar...

o senhor Osório ria, atrapalhado, pousava os sacos de gelo perto da entrada do quartinho que era todo congelado com as carnes e ficava mesmo junto do quarto onde dormiam os barris de cerveja

tirei um fino bem gelado, entreguei ao tio Chico

— primeiro as visitas

fez sinal com os olhos para eu entregar o fino ao senhor Osório

— tem razão, camarada — brinquei com ele — senhor Osório, sai um fino a estalar que aqui em Luanda nem se encontra em mais nenhum lugar a não ser mesmo aqui na casa do camarada Chico Santos... experimenta ainda

o senhor Osório tinha um modo irritante de passar a mão na minha cabeça e mexer nos meus cabelos, e ainda olhar para mim a rir à espera que eu também achasse graça àquilo e também fosse rir com ele

antes que eu dissesse alguma coisa a tia Rosa avisou de longe

— senhor Osório, não faça isso de novo que o miúdo não gosta que lhe mexam na cabeça

— só se for a tia Rosa... — eu já a tirar o segundo fino, para o tio Chico, e a sorrir de ter adivinhado que a tia Rosa ia mesmo dizer aquilo — ou a minha mãe... ou a avó Agnette; mais ninguém

— pronto, desculpa lá — disse o senhor Osório, de novo quase a tocar na minha cabeça para repetir o mesmo gesto — desculpa lá

— ó Chico, vocês ainda vão se sentar, petiscar, beber... a que horas é que vamos para o Mussulo? assim vai-se atrasar tudo, depois tenho que chegar lá e ainda acender o carvão, grelhar as coisas... já tou a ver que o almoço hoje é lá para as cinco da tarde

a tia Rosa parecia irritada

— ó filha, o Lobo ligou a dizer que já foram para o embarcadouro, mas que tem que se ir buscar a dona Vicência, que não pode ficar sozinha

— mas ela vai como?

— como?

— no nosso carro já não há espaço, o Ndalu já vai no meu colo

— o senhor Osório vai se oferecer para ir buscar a dona Vicência

— eu?!

o senhor Osório ia se engasgar com a cerveja e a jinguba, tudo ao mesmo tempo

o tio Chico fez-me sinal com os olhos

aquilo era sinal de código máximo, que só nós três é que sabíamos, aquele toque de olhos, a cabeça inclinada meio para a esquerda, muito rapidamente que ninguém nem via, aquele piscar do olho que não chegava a fechar,

combinado com o sorriso só no canto da boca mas que
depois fingia que não ia mais rir, aquele código só nós
três é que sabíamos: tio Chico, tia Rosa e eu

    não sei como posso explicar aqui

    era um aviso muito pequenino que alguma coisa
ia acontecer, mas essa alguma coisa podia ser tantas
coisas: o tio Chico ia contar uma estória que eu também sabia mas naquele momento ele ia mudar o fim
da estória e eu não podia dar bandeira; o tio Chico ia
contar uma anedota ou uma estória que precisava que
eu fizesse uma pergunta no meio para aquilo ter mais
piada; a tia Rosa ia falar de um assunto que no fundo
era uma desculpa para mandar alguém embora; nós
os três íamos fingir que tínhamos que ir a algum lugar
urgente, íamos mesmo buscar as chaves e as carteiras,
o tio Chico ia pegar na chave do carro e quase sentar
no carro, a visita ia embora, talvez mesmo o tio Chico
ia dar uma volta ao bairro, para depois voltarmos para
a casa deles, entrarmos a rir, o tio Chico beber mais
uma cerveja e ficarmos a rir, sem dizer nada, do nosso
teatro de despachar visitas; ou mesmo, esse toque de
olhar misturado com sorriso, podia querer dizer algo
muito mais complicado e invisível, como foi o desse dia

    no momento que o tio Chico fez aquilo

    me deu o toque, deixou que a tia Rosa entendesse
que ele estava a preparar alguma, o que tinha talvez
acontecido naquele momento é que ele tinha tido uma
ideia, aquilo era o sinal, "é o início da minha brincadeira,
vamos ver até onde isto vai", era isso que ele estava a
nos dizer sem ter dito nada e só ter falado devagar com

o senhor Osório, o homem que sempre usava suspensórios e que puxava muito as calças para cima como se fossem tocar em baixo dos sovacos

— ó Osório, não custa nada... é aqui perto, tás a ver o largo ali do Lindocas?

— sim

— é o prédio ao lado, onde a árvore partiu o muro, no segundo andar

— epá, não sei... a sogra do Lobo...

o senhor Osório comia mais jinguba, parecia um jacó nervoso, pediu substituição do copo vazio dos finos

trouxe-lhe mais um, o tio Chico fez aquelas pausas de propósito, a dizer que o assunto tinha mesmo continuação

— chegas lá, não tem problema nenhum, perguntas pela dona Vicência, ela está sozinha em casa, vais ter que explicar quem és

— e digo o quê?

— dizes que o Lobo se esqueceu de a apanhar e que o Chico te pediu para ir lá

— e depois?

— depois?

o tio Chico quase se descaiu

nesse momento eu tive a certeza, era uma armadilha, não sabia qual era, não sabia onde era a casa da dona Vicência, nem me lembrava bem dela

sabia que era a mãe da tia Rosita, a Onça

e era uma senhora cambuta, muito rija que também já tinha uma estória com uns gatunos que tinham tentado entrar pela janela do apartamento dela, ela devia ver aqueles desenhos animados dos três porquinhos porque, quando viu o gatuno na janela a trepar, deu-lhe logo com uma água quente que tava no fogão para ferver mandioca, mas não ficou em casa à espera deles e nem mesmo gritou de chamar ajuda, pegou numa vassoura, desceu os dois andares para ir lá em baixo começar e acabar a carga de porrada que deu ao gatuno

assim de repente era só disso que eu me lembrava

— depois..., disse o tio Chico muito devagar — depende da reação dela

— da reação?

— ó Osório, deixa-te de merdas — o tio Chico deu-lhe um bom safanão no ombro que eu espero que não tenha deslocado nada — é só ir lá avisar que o Lobo se esqueceu dela e perguntar se ela quer ir ao Mussulo ou se podem ir buscá-la amanhã

— ir para o Mussulo com quem?

o senhor Osório não tava a captar bem a missão

— contigo!, se ela quiser ir, fazes o favor de a levar até ao embarcadouro, eu aguento lá um bocado, se até às duas não estiveres lá, eu arranco

— é só isso, então?

— é só isso, em 61 foi muito pior

brincou o tio Chico

— deve ter sido

o senhor Osório suava e me fazia sinal para eu lhe dar o terceiro fino

quer dizer, makas de família, foi isso que o senhor Osório deve ter pensado, se não pensou, devia porque eu pensei nisso imediatamente, não é preciso ser muito adulto, nem usar suspensórios, para começar a juntar as coisas: o Lobo tinha ido para um fim-de-semana no Mussulo mas tinha se esquecido da mãe da mulher dele

esqueceu mesmo?

são coisas que uma pessoa deve se perguntar antes de ir bater à porta da casa da dona Vicência

o Lobo pediu ao tio Chico, que é irmão dele, para ir lá, agora, antes da hora do almoço, em pleno calor de sábado, perguntar à dona Vicência se queria ficar em casa sozinha ou se queria uma boleia improvisada para ir para o Mussulo com o mesmo genro dela que tinha lhe esquecido sozinha em casa

hum!, acho que era só fazer as contas

deviam ser essas contas que o senhor Osório estava a fazer, e o tio Chico também

— e pergunto pela senhora?

insistiu o senhor Osório a confirmar os pormenores

— perguntas pela dona Vicência, todo mundo ali sabe a casa dela

mas não, como o fim desse sábado ia nos mostrar a todos, as contas do tio Chico eram outras

é como eu digo, o tio Chico quando decide fazer uma brincadeira, uá!, cuidado, ele só sabe fazer brincadeiras sérias que demoram assim para serem entendidas

enquanto o senhor Osório bebia mais finos e o tio Chico lhe acompanhava, a tia Rosa acabou de arrumar as coisas o irmão da tia Rosa, o mudo Zeca-da-Raiz, ajudou a pôr tudo no carro, o gelo só no fim, para não estar a aquecer

ficou tudo pronto

— Chico, vamos!

a tia Rosa cada vez com menos paciência

— vamos lá... Dalinho, traz aí o último fino que eu deixo o copo já dentro do carro

eu obedeci

fiz sinal de olhos ao senhor Osório para ver se ele queria também o último fino dele, ele fez devagar que não, ajeitou assim a calça ainda mais para cima, puxou o cinto castanho da calça que combinava com a cor das sandálias dele todas feias, passou a mão pela cara e ouvi aquele barulho da mão a roçar na pouca barba dele

o vento trouxe-me o cheiro da tal água do colono que ele usava, isso sim, é uma coisa que eu respeito muito no senhor Osório, o modo como a qualquer hora do dia, de manhã ou à tarde, aquele cheiro nunca lhe abandona, posso mesmo dizer aqui sem medo de errar que o senhor Osório é uma pessoa que está sempre a cheirar bem, independentemente do esforço físico ou mesmo da catinga, até se pode dizer que ele usa sandálias muito feias, ou falar dos suspensórios, mas em matéria de catinga ninguém pode mesmo acusar o senhor Osório

quando o tio Chico se despediu dele lá fora, deu um último riso escondido que ninguém não viu, eu acho que vi, acho, pelo retrovisor

ainda o tio também lhe deu mais uma pancadinha no ombro e bateu com a mão no *opel* branco assim para ele arrancar e tudo aquilo eram os sinais de alguma coisa que o senhor Osório devia ter desconfiado

fomos para o embarcadouro e como todo cidadão de Luanda parece que se sente mal se fizer alguma coisa na hora certa ou que tinha combinado com alguém, quando chegámos lá o próprio Lobo, acompanhado das filhas, sobrinhas e da mulher, a Onça, ainda estava a pôr o barco dele na água e a rir, a beber umas cervejas bem geladas

a perguntar ao tio Chico se a maka da sogra estava resolvida

— e a maka da sogra?

o Lobo perguntou já a passar uma cerveja para o tio Chico beber quase toda de seguida

— tudo nos conformes

o tio Chico gostava dessa frase que era igual a dizer que estava tudo bem, ou tudo controlado

— ela não quis vir? tava zangada?

— não sei

o tio Chico fazia de propósito, falava devagar, piscava-me o olho

— como é que não sabes?

— não fui lá

— porra, Chico, então eu disse-te que a velha...

— eu não fui, mas alguém foi

o tio Chico riu

— quem?

— o calças-no-sovaco!

os dois começaram a rir, código de família outra vez

para dizer a verdade, o Lobo deve ter entendido naquele momento aquilo que eu e a tia Rosa ainda só estávamos a desconfiar na nossa espera de termos pensado que mais tarde, nalgum momento, íamos entender também que tipo de coisa é que o tio Chico tinha preparado para o senhor Osório viver naquela manhã tão quente de um sábado que ia demorar para acabar

a Onça, que estava perto a ouvir a conversa e a arrumar as coisas no barco, veio ali só para olhar para os dois irmãos com cara de professora maldisposta

— vocês... — mexeu-me na cabeça, mas de uma maneira assim rápida que até não me irritou — vocês um dia matam-me a velha com essas brincadeiras

— quem? — o tio Chico abria já outra cerveja — a dona Vicência...?

o Lobo riu, a Sandra e a Filó, as filhas da Onça e do Lobo, riram muito alto, a Filó tinha o riso mais estrondoso que alguém podia ter, assim a falar da equipa das mulheres, em toda Angola

o mudo Zeca-da-Raiz, não sei se já andava bem treinado nessa coisa de ler os lábios, riu também, a Onça não riu, eu ri, a tia Rosa riu

Luanda era isso também e assim devagar

as pessoas a rirem do que ninguém ia falar mais, entreolhadas, gestos, as mulheres a arrumarem as coisas e a deixarem o corpo a preparar-se para a viagem de barco, as crianças a abandonarem os sapatos ou chinelos com os pés livres para irem experimentar a água da beira--mar, os homens que trabalhavam no embarcadouro a dar voz de comando e grito em código também só deles para descer os barcos, ou afastar para a esquerda ou para a direita, ou ir chamar o trator e o condutor também, "tratoristaaaaaaa...", os assobios é que davam o sinal se era mais depressa ou devagar, se tinha a corda esticada ou se era para parar o movimento

    o tio Chico e o Lobo a abrirem já a quinta cerveja e de longe a olharem calados para os movimentos do barco a descer a rampa, entrar na água, os brilhos de lado a abrirem com o movimento do barco a deslizar e entrar na água, e esse meu modo de ver essas coisas todas devagarosas é que às vezes fazia o tempo avançar menos depressa

    — tia Rosa, às vezes o tempo não anda a passar mais devagarinho?

    eu descalcei os chinelos

    — este miúdo tem cada uma...

    a tia Rosa comentou baixinho assim de ninguém ouvir, abanou a cabeça, prendeu melhor o cabelo dela

    esperámos ainda mais

    os mais velhos beberam tantas cervejas que quem visse de longe ia pensar que aquela família corria o risco de acabar com as cervejas do fim-de-semana mas não!, isso é uma grande ilusão de quem nunca viu os preparativos da casa do tio Chico ou mesmo os da casa do Lobo: só no barco do tio Chico a primeira viagem era feita só com ele e eu no barco, não ia mais ninguém

    o barco cheio das caixas de comida, comida já preparada, comidas assim de preparar na hora como batatas ou saladas, o arroz e tal, mais as coisas cruas que vão em latas ou coisas mesmo que não estragam ou foram congeladas três dias antes agora, no campo da bebida?, deixa jurar aqui pelo meu avô que tá debaixo da terra, só para não pensarem que eu tou a inventar

no campo da bebida aquilo era só de ver, e quem não viu, digo mesmo, não pode imaginar: grades de cerveja deviam ser mais de trinta; cada grade com vinte e quatro cervejas, é só fazer as contas; caixas de *whisky*, caixas de garrafas de vinho e ainda os garrafões de vinho; latas de soda para companhar o *whisky*; latas de água tónica para acompanhar o *gin*, mas isso quem bebia mais eram os fracos ou os hidráulicos, esses eram os códigos para os que não atacavam *whisky* na praia mesmo com sol, ou muitas cervejas durante o calor da tarde, o resto do carregamento eram garrafões de água, para beber mesmo, ou lavar a cara, gelo, muito gelo, e algumas bebidas que tinham sido compradas de última hora ali mesmo no embarcadouro

mas isso da água, não é falar assim que é para todos

o tio Chico não bebia água, não gostava e ainda me disse para eu não comentar com ninguém mas que ele conhecia um médico que já tinha lhe avisado mesmo que a água faz muito mal e não deve ser bebida em exagero

— como assim, tio? não entendi bem esse lado do exagero

— não se deve exagerar ao beber água

ele falava mesmo a sério, mas baixinho para mais ninguém ouvir

— como é que se exagera a beber água?

— há pessoas que por tudo e por nada querem beber água; dá-lhes uma sede, pumba!, um copo de água; têm que tomar um comprimido, pumba!, outro copo de água...

— então deve-se beber pouca água?

— depende de cada um, mas eu tou ta dizer uma coisa: não convém exagerar

— tio Chico, tu tens cada uma — eu sorria a olhar para ele — é por isso que tu andas a tomar comprimidos mesmo com cerveja, eu sei muito bem que isso num se faz

— já combinámos que isso é segredo nosso

— já sei da tua teoria... que a cerveja ajuda os comprimidos a matarem os micróbios

— isso mesmo... um dia vais entender, Dalinho, o corpo já tem demasiada água

fizémos a travessia em direção ao Mussulo, eu até nem sei como é que o mais-velho Miguel sempre sabia a hora de chegada do barco do tio Chico, mesmo que fosse como dessa vez, bem atrasados que estávamos

o mar tava ainda liso apesar de já ser quase hora do almoço, as águas do Mussulo têm um comportamento que uma pessoa, se frequenta muito aquela zona, já conhece

de manhã muito cedo, se houver um pouco de vento, o mar levanta um pouco, mas só um bocadinho de nada, fica bonito, os desenhos imitam as mãos do mais-velho Miguel a combinar com o vento dos coqueiros a sacudir para acordar os passarinhos que não sei se nunca têm sono mas acordam bem de manhã cedo a fazer barulho que também acorda todo mundo e esse mesmo barulho que é todo combinado com as coisas que acontecem todas ao mesmo tempo quer dizer

há barulhos que são dos lugares e há barulhos que são as pessoas que vão a esses lugares que inventam esses barulhos

o barulho do vento é do lugar, o barulho de varrer lá fora é do Capri, o barulho da cafeteira do café quando já está pronto é da minha mãe ter feito o café, o barulho dos figos a caírem de terem sido sacudidos pelo vento é do lugar, e até o barulho do balde a bater na água do fundo do poço que é um barulho misturado entre as mãos do mais-velho Miguel e do fundo da água do poço que faz eco e dá medo de olhar lá para dentro por ser tão escuro e ainda no outro dia sonhei que eu tinha caído lá dentro e ninguém me encontrava nunca mais; o barulho de uma rede a ser amarrada entre duas árvores é da pessoa que quer ficar deitada um monte de tempo sem fazer nada

que o Mussulo também é um bom lugar para uma pessoa conseguir ficar muito tempo a não fazer nada, só que na casa do tio Chico e do irmão dele, o Lobo, no tempo que todo mundo tem para não fazer nada eles ficam a beber e a comer, às vezes a jogar cartas, ou bingo ou mesmo a discutir estórias de antigamente que quando os mais-velhos bebem parece que as estórias escorregam melhor e todos inventam ou lembram cada um a sua versão, e então dá maka de discutirem

porque nisso das estórias os mais-velhos são muito diferentes das crianças, como é que posso explicar?, os mais-velhos quando contam uma estória e mais alguém se lembra, eles passam muito tempo a tentar decidir quem contou a versão mais correta ou mais perto da realidade, e perdem tempo, muito tempo, em vez de continuarem a lembrar estórias

e nós não

nós, as crianças, nessa missão de lembrar, contar e aumentar, somos mesmo melhores, ninguém nos aguenta, porque admitimos mesmo que todo mundo se lembre da maneira que ele lembra, fazemos combinações, ouvimos a versão nova já a combinar com a versão que conhecíamos sem essa coisa de ter que se decidir quem é que lembra melhor, quem é que lembra exatamente como aconteceu, e ficamos só a rir, apesar de não termos bebido, ficamos só a rir das novas combinações, ficamos a rir de termos coisas bem boas para lembrar, ainda melhores do que aquelas que aconteceram

e esse, para dizer a verdade, é o erro dos mais-velhos pensarem que toda a gente tem que lembrar a mesma coisa ou de nem deixarem que cada um, a partir daquele momento mesmo, possa lembrar as coisas mesmo já a contar com as lembranças dos outros, ainda no outro dia eu disse isso à tia Rosa: se uma pessoa pode emprestar um brinquedo ou uma roupa, como é que os mais-velhos não deixam que alguém lhes empreste uma lembrança?...

depois de terem tirado as coisas do barco, o mais--velho Miguel e o Capri-GTI-Turbo-2000 sentavam na areia a olhar o mar enquanto o tio Chico ia outra vez ao outro lado buscar mais pessoas

eu ficava ali, ou sentado com eles a ouvir a conversa, ou mesmo já a brincar com o Toninho, que tinha quase a minha idade e vivia no Mussulo e fazia uns barcos bem bonitos de esferovite para nós brincarmos na beira da praia

a melhor hora da nossa brincadeira ia ser ao fim da tarde, o corpo já todo cansado dos mergulhos durante a tarde, muita correria, algum jogo de bola ou mesmo de perseguição, os pés a queimarem na areia bem quente do Mussulo, se calhar mesmo a meio da tarde as filhas do tio Chico iam querer atravessar a areia quente e ir até ao outro lado que se chama "contracosta"

na mochila levavam latas de coca-cola, se houvesse, três toalhas, chapéus que não cobriam quase nada da cabeça, o bronzeador de cenoura e o outro que cheirava a coco e eu não gostava porque às vezes chamava abelhas

elas deitavam ali a ficar ao sol como se fosse frango a grelhar, era mesmo isso que elas queriam, todas bem queimadas e diziam para eu não queixar ao tio Chico que também às vezes punham coca-cola na pele e tiravam a parte de cima para ficar com as mamas de fora, mas aí o Toninho não podia vir, nem mais ninguém de rapazes, só eu porque era criança e ver as mamas da Fatinha e da Irene com ou sem parte de cima para mim era igual

quando o tio Chico foi ao outro lado buscar o resto das pessoas o mar tava ligeiramente picado e bonito

as pessoas que não estavam acostumadas a vir ao Mussulo ficavam cheias de medo com qualquer movimentozinho, nós, os de antigamente, ríamos muito

o meu pai já estava farto de explicar a essas pessoas que o mar não é assim perigoso como pensam, quando o barco está a fazer a travessia claro que se deve estar quieto, mas não é o vento nem o mar picado nem mesmo as correntes que são perigosas, o problema é andar de barco bêbado como o tio Chico às vezes fazia e outros que não posso aqui dizer o nome deles por serem amigos dos meus pais e ainda vão me chamar de novo de queixinhas

o único problema da travessia, no fundo, são dois: o barco ter gente a mais; ou o condutor ter chupado muito e eu digo isto porque é preciso saber conduzir um barco mas também saber parar o barco na hora de ele chegar bem junto da areia da praia

quando chegaram estavam todos a morrer de calor do tempo que tinham estado lá à espera, mais a fome acumulada, mais o cansaço da viagem

até alguns mergulharam já diretamente do barco, com mais ou menos roupa, o tio Chico a rir e a pedir para eu ir buscar uma cerveja bem gelada

— ou mesmo traz já duas

eu trouxe, a ver todo o mundo a sair do barco a ver se também tinha vindo o senhor Osório, mas não, todo mundo que saiu não incluía o senhor Osório

o tio António, que era o Lobo, tinha pendurado na cara um riso que eu pensei toda a tarde que tinha a ver com a demora do senhor Osório, mas às vezes uma pessoa é criança e não pode comentar com ninguém se está a ter um pensamento que ainda pode ser uma coisa bem à toa

o barco do Lobo tinha chegado antes, com as filhas, a mulher dele, a Onça, e mais não sei quem que eu também não contei bem todo o mundo

e assim estavam ainda a descarregar as imbambas todas

como sempre, os homens carregavam as coisas lá para dentro, pousavam na varanda ou na cozinha, mas rapidamente vinham para a beira da praia beber cervejas, *whisky* com gelo ou com água com gás chamada soda, outros também atacavam *whisky* com coca-cola, mas isso naquele tempo não acontecia muito, e vinham já mergulhar um bocado ou mesmo deixar os corpos dentro da água enquanto ainda ninguém tinha ido prender bem as âncoras dos barcos

se a maré esvaziasse

os barcos iam ficar presos na areia, ninguém queria saber, eu também não ia avisar ninguém porque, no fundo no fundo, eu gostava de ver as canoas dos pescadores e mesmo os barcos presos na areia da maré vazia, isso me lembrava a estória da baleia encalhada que o meu avô Anibal me contava sempre, sempre, todos os dias 1 de abril de todos os anos que ele estivesse em Luanda

depois de os homens terem levado as coisas lá para dentro, as mulheres começavam a andar rápido de um lado para o outro como se fossem formigas ou quê, não sei, as mulheres sempre sabem o que há para fazer e não chocam umas nas outras quando se mexem dentro ou fora de casa

quem tem a missão da cozinha não fala muito, nem cruza com a que tem a missão de ir arrumar os quartos; se a Fatinha estiver a varrer a sala não vai se meter com a Irene que pode estar a preparar os quartos, a tia Rosa vai pedir ao Capri-GTI-Turbo-2000 para instalar a botija de gás do fogão e também uma mais pequenina que liga à geleira muita gente na minha escola duvida quando eu digo que o tio Chico tem uma geleira que funciona com botija de gás e ainda tem lá também congelador

depois a própria tia Rosa vai mandar o Capri sair de dentro de casa para não atrapalhar e todos sabemos que, durante algum tempo, ninguém pode entrar, até estar tudo direitinho, limpinho, as janelas abertas, as camas já com lençóis, os mosquiteiros com cheiro de naftalina já foram sacudidos e instalados no teto de cada quarto, as duas grandes caixas de esferovite já estão no canto da sala cheias de gelo, uma delas tem mesmo só cerveja e não se pode ir lá pôr mais nada senão o tio Chico fica chateado

também no fogão já está a sair o cheiro do arroz ou outras coisas que vão demorar um bocadinho e se uma pessoa passar perto da cozinha, mesmo do lado de fora, sente aquele cheiro que se chama reafogado

a Fatinha ou a Irene, se já acabaram de varrer e arrumar, então vão estar a descascar batatas, muitas batatas, umas vão ser cozidas, outras cortadas pequenas para fazer montes de batatas fritas, também podem estar a descascar cebola, batata-doce, mandioca, ou se isso tudo já aconteceu, estão a descascar camarões que a tia Rosa já ferveu e separou

— no velho ninguém toca

a tia Rosa diz bem alto a fingir que é a sério

a falar de um pires velho que vai sem jindungo, para mim e para a avó Graziela que, além dos joanetes, tem umas coisas na boca chamadas aftas, e assim devagar é que a casa vai voltar ao normal os homens que estiveram lá em baixo, na água, este tempo todo sem fazer nada a não ser beber e falar à toa, podem então entrar devagar, sentar, servir mais *whisky*, pegar outras cervejas, ligar o rádio, comer o camarão com jindungo, fumar e

deixar um bocado de espaço no silêncio da nossa tarde

para que o vento levante o mar e o cheiro do reafogado comece a invadir toda a casa, mesmo os corredores e a casa de banho, a varanda da frente e a parte de trás, os quartos e a sala, antes que a tia Rosa, na sala lá dos fundos, grite no modo dela sem gritar

— todos pra mesa!

o tio Chico ainda trouxe o mesmo pires com os camarões dele já nem quentes nem nada, todos cheios de um jindungo que só ele e o mais-velho Miguel é que aguentavam

quando a tia Rosa, depois de mil viagens para a cozinha, também se sentou, o tio olhou uma cadeira vazia e perguntou

— esse lugar é de quem?

— é do senhor Osório, ele não vem?

o tio Chico olhou para mim a rir, chupou a ponta dos dedos todos vermelhos do jindungo

— Dalinho, vai buscar mais um birinaite e passa na varanda a chamar o Zeca, ele às vezes não ouve quando a tia chama para a hora do almoço

o mudo Zeca-da-Raiz estava lá na varanda com uma cerveja quase quente na mão, deu-me pena

peguei na cerveja que era para o tio Chico e toquei na perna dele, ele riu abriu a garrafa com os dentes, de lado, fazia isso para me impressionar, muito rápido, e me impressionava mesmo

sempre que estávamos só eu e ele, o Zeca olhava para mim com uma cara daquelas que a minha mãe chama de "muito doce" e fazia alguma brincadeira: uma pequena magia, umas palavras que ele pensava que estava a dizer e que eu estava a entender, abria uma garrafa de cerveja assim na zona do olho dele fechado, ou então, muito devagar, olhava para mim como se espreitasse dentro dos meus olhos e fechava um bocadinho os olhos dele

o mudo Zeca-da-Raiz às vezes ficava muito tempo a olhar para mim

— tão ta chamar para ir comer!

falei devagar, com a boca bem aberta para ele entender

— hum, humm, hummmm!

ele respondeu, fez que não com a mão

apontou para o mar, abriu os dedos, fez assim tipo tchau, como se estivesse a pintar o mar com um pincel de aguarelas

voltei para dentro, apanhei duas cervejas, sentei-me à mesa, perto da tia Rosa

— o Zeca?

o tio me perguntou

— já vem, disse que está ainda a olhar o mar

— disse?

— sim, disse

não dá para explicar o tempo que estas refeições demoravam

até me deixavam levantar da mesa quando eu quisesse porque todos sabiam que nenhuma criança aguentava aquele tempo todo que eles levavam para repetir três vezes, depois ainda mais sobremesa ou bolo, ou fruta, mais o café com conhaque, ainda depois outro conhaque ou mais café, depois algumas estórias ou anedotas, mais alguém que se lembrava de contar alguma coisa da telenovela da noite anterior, mais as notícias da guerra e as internacionais

até que as mulheres, só elas, sempre elas

começavam a levantar a mesa, para deixar tudo limpinho caso alguém fosse querer jogar cartas, mas era raro, àquela hora

olhei a mesa, só tinha migalhas que o tio Chico agora brincava com elas, as chávenas de café, o cálice pequeno da aguardente, um cinzeiro

mas ninguém não estava a fumar

o Zeca tinha vindo e estava a acabar de comer atrasado, quase sozinho, ninguém lhe incomodou, a avó Graziela foi-se deitar

na varanda da frente, sentei-me no colo da tia Rosa

— tou a ver um barco a vir lá longe

— aonde? não se vê nada

acho que tia Rosa não viu

— eu conheço aquele barco, mesmo de longe

— mesmo sem ver nada? — a tia Rosa queria me gozar — então é o barco de quem?

— mesmo sem ver nada; nunca viste uma coisa assim de adivinhar?

— tu... — a tia Rosa voltava para a cozinha, as mãos na bata azul-cinzento que ela usava no Mussulo — tu... inventas cada uma

— isso não é de inventar; eu sou antigo aqui do Mussulo, conheço os barcos de longe

perto de mim, um bocadinho afastado, a olhar o mar também, mas sempre a ver ainda mais longe, o mais--velho Miguel sorriu

o meu avô dizia que todos os mais-velhos sabem ver mais longe

— mais antigo que eu aqui no Mussulo — olhei para ele — só mesmo o mais-velho Miguel com os panos dele

podia ser o barco do Kabulo, do Bastos ou do senhor Vidal

e eu à espera de ver mais rápido que o mais-velho Miguel, a qualquer momento ele ia dizer que barco era, os dois estávamos mesmo a fazer corrida de olhar com os olhos quase fechados, ganhava quem falasse primeiro

— é do sô Vidal

o mais-velho Miguel falou muito tempo antes de se ver bem

o barco vinha a zunir e isso é que me confundiu, quem gostava mais de zunir com o mar assim picado era o Bastos

o mais-velho Miguel ficou a rir

o senhor Vidal parou quase lá em frente da casa dele, ficava mais à direita da casa do tio Chico, passando a casa do Juarez, a dos meus pais e a do Kabulo quando olhei para o lado, já estava o tio Chico ali de pé a olhar; lá de trás, também só de calções e sem blusa, com um copo de *whisky* na mão, chegou o tio António, o Lobo; nem um minuto depois, a tia Rosita, a Onça, também puxou uma cadeira e sentou-se ali; Fatinha, Irene, Capri-GTI-Turbo-2000 e até o Zeca-da-Raiz ainda com as mãos cheias de brilhos

parecia, juro, que todos tinham sentido o cheiro do senhor Osório a chegar

de curiosidade, é que estávamos todos

ninguém nem mostrava, todos a disfarçarem, cada um, cada qual, uns a espreitar o mar, outro na rede, varrer a varanda, fumar, esperar ainda que o tempo passasse mais

o senhor Osório saiu do barco com as sandálias dele castanhas e feias, a não falar com ninguém

quando chegou perto da varanda, não me fez festinhas na cabeça como ele gostava de fazer, nem olhou bem para nós, nem mesmo já eu que estava mesmo à frente dele

na boca, um sorriso que nem era, só a respiração dele

foi, tenho quase a certeza, a primeira e última vez que eu ia ver o senhor Osório sem os suspensórios dele, mesmo na praia o cheiro da água do colono lhe acompanhava, dois anéis na mesma mão, os óculos *fotogrey* assim a quererem ficar escuros

o senhor Osório tinha molhado as sandálias dele ao sair do barco, aquilo me impressionou, as sandálias dele sempre muito bem engraxadas de um castanho feio, é verdade, mas sempre impecáveis, como dizia o tio Chico molhou os pés e as sandálias, nem olhou para ver se havia algum caranguejo por perto, alguma alforreca, ele só queria sair do barco

via-se que o corpo dele tinha uma pressa de ir se sentar

e, antes de ele estar muito perto, a tia Rosita, a Onça, deixou a cadeira vazia

— boa tarde, dona Rosa

o senhor Osório falou baixinho, mas para nós todos, sem olhar

— queres que aqueça um prato, Osório?

a tia Rosa perguntou, devagar

— ainda não; obrigado, dona Rosa

afastámos um bocado

ele ficou ali na varanda a olhar para longe como fazem os mais-velhos quando afinal estão a olhar para um lado nenhum ainda que, é verdade mesmo, quando se está perto do mar a olhar para longe, esse lugar, até falámos na escola, chama-se horizonte

eu vi que o senhor Osório e o corpo dele queriam estar na varanda sentados, sozinhos, a beber alguma coisa e a olhar o horizonte cheio de nada

a tia Rosa mandou lhe entregar uma cerveja bem gelada

nós todos disfarçámos que não tínhamos visto: que o senhor Osório não quis a comida; que o senhor Osório não foi lá dentro guardar o saco no quarto dele; que o senhor Osório tinha umas marcas no braço parecia queimadura ou assim pele avermelhada; que o senhor Osório não queria falar com ninguém, mas também desconseguiu de ficar completamente calado porque nas regras de Luanda pelo menos o dono da casa que te recebe tem sempre direito a fazer perguntas, alguns comentários até e fica chato não colaborar

mas o senhor Osório não colaborou muito

— e a Vicência...?

o tio Chico tentou perguntar, muito devagar

muitos dispersaram, foram para dentro

quem ainda ficou foi mesmo o próprio dono da casa, tio Chico e o irmão dele, tio António, mais conhecido por Santos Pera ou Lobo

eu fingi que estava ali a fazer um castelo ou mesmo um buraco naquela areia toda mole e bem quente perto de casa, até me queimei nos joelhos

— deixa-me em paz, Chico

de ouvir, que eu ouvi, fico a pensar até hoje que aquilo na voz do senhor Osório chama-se tristeza

a avó Graziela lá dentro devia ter as mãos todas adormecidas em cima da renda do crochê que nem conseguia fazer nada, o mais-velho Miguel, do lado esquerdo da casa, tinha adormecido na rede, o corpo dele todo tapado com os panos apesar do calor, a tia Rosa ainda falou

— Chico, deixa o homem em paz... Dalinho, daqui a bocado é pôr chapéu, não te quero com a cabeça nesse sol

o tio Chico esfregou a barriga sem camisa nenhuma, o vento não queria passar, o Lobo foi lá dentro buscar mais *whisky*, pedir café e bater com força nas costas do mudo Zeca-da-Raiz, o tio Chico desceu para a praia devagar, sem sentir o calor da areia quente nos pés, o Capri-GTI-Turbo-2000 também faz isso e até já passou em cima de uma fogueira que estava só com as brasas ainda bem acesas mas não deu conta nem aumentou a velocidade quando pisou nas cinzas todas avermelhadas

    o tio Chico mergulhou a barriga, depois a cabeça

    olhava para mim, soprava debaixo da água, ria para mim, há anos que fazia essa brincadeira no mar e me procurava com o olhar mesmo que eu disfarçasse que não estava a olhar para ele, ele sabia, parecia uma baleia alegre e gorda, a soprar, a mergulhar e a vir de novo cá em cima, a soprar, a rir, a olhar para mim a ver se eu estava a olhar para ele, exatamente como a tia Rosa que, de longe, de perto, até sem me ver, sabia se eu estava a olhar para ela ou não

    então o tio não ouviu o que o senhor Osório falou baixinho

    a tia Rosa também não ouviu porque já estava no quarto à minha espera para tentar me obrigar a dormir a sesta, o mais-velho Miguel até já estava a ressonar com a cara toda tapada para o sol não lhe acordar no sono dele das quase quatro horas, eu estava até já do lado de dentro, quase a ir para o quarto, perto daqueles tijolos furados que davam para a varanda, onde estava sentado, quieto, a beber, o senhor Osório, com as sandálias dele molhadas

    sem suspensórios, por uma vez na vida

    — mandar-me ir buscar a dona Vicência..., filho da puta do Chico!

    no mar, ali mesmo na praia, o homem-baleia desaparecia e aparecia de dentro da água, com a barriga dele enorme, ria só para mim daqui a pouco ia fazer fim-de-tarde

e eu ali, a pensar que dona Vicência era o nome de código muito secreto da mãe da Onça mas acho que o senhor Osório, de ser português ou mesmo desse hábito dele de usar as calças quase na altura dos sovacos, não entendeu bem como funcionavam os nomes na nossa família

foi o que eu pensei ao ver aquelas marcas que ele tinha no braço e também nas costas, em cima, quase perto do pescoço dele, marcas encarnadas, como se fosse jindungo bem pisado

coitado do senhor Osório

um susto que eu quase caía ali no chão molhado do corredor, foi ver de repente o mudo Zeca-da-Raiz, a cara dele sem a luz de fora; o resto do corpo metade no escuro, metade na luz, um susto só

ele a apontar também para o senhor Osório, o mudo a apontar e a falar

— hum, humm, ahhah, hummm!

as mãos dele a dançarem na escuridão para eu olhar as marcas que eu já tinha mesmo visto bem com os meus olhos

o Zeca-da-Raiz riu o riso dele e fingiu com os braços que lutava boxe com as sombras dessa nossa tarde ali, escondidos, a espreitar as marcas roxas que a dona Vicência tinha deixado no senhor-coitado-Osório

— Zeca...

eu disse bem baixinho

a deixar ele chegar mais perto com a catinga toda transpirada a pingar das sobrancelhas mais o cheiro já

bem quente do *whisky* que ele tinha misturado com café
e talvez aguardente e gengibre
— Zeca... a maka foi que ele se deu encontro com a
Vicência
— hum, hummm, ahhhah...
o mudo Zeca-da-Raiz respondeu
e essa frase dele, dita assim, significava que estava
a concordar muito comigo.

o senhor Osório era talvez o único que ainda não
tinha sabido: a dona Vicência batia muito-mesmo
há muitos anos que era assim
e todo o mundo sabia
havia a hora de falar as coisas e a hora de calar as
coisas.

o mais-velho Miguel é que dizia:
quem ainda vai viver, é para contar...

a avó Catarina é que dizia:
aquele que lembra: esse é que vai contar.

era noite azulada
quando o tio Chico fez aquilo, e nem o mudo Zeca-
-da-Raiz conseguiu falar
todos respirámos um ar de espanto que depois desapareceu pelas paredes da casa do Mussulo
nós éramos vários e muitos, quem estava lá é que viu: fazia quase madrugada na noite que o tio Chico fez aquilo.

depois das dez da noite, talvez um pouco antes
acontecia o fim do jantar com todas as comidas pesadas
feijoadas, gorduras com nomes estranhos, carne grelhada ou mesmo peixe, entradas de caranguejos, lagostas ou rissóis fritos à última da hora, molhos cheios de limão e jindungo, a televisão com o som no máximo durante ou depois da telenovela, os bêbados do Mussulo

que desfilavam antes do jantar em busca de cigarros ou latas de cerveja

nós, as crianças, perdidas em brincadeiras de fingir que sabíamos pescar, ou a apanhar caranguejos com uma rede e uma lanterna de apontar nos olhos dos caranguejos, éramos então chamados, a hora da refeição era sagrada, sempre foi

mas, no Mussulo, nem tanto

— todos para dentro, não ouviram a avó Graziela chamar? — o grito da tia Rosa incomodava os caranguejos na bacia e parecia abrandar a velocidade do vento

o próprio tio Chico vinha expulsar os bêbados com palavrões em português e num kimbundu improvisado que mais fazia rir do que ofender

os calções largos, de uma cor que agora não quero lembrar, com o elástico que parecia segurar a barriga redonda, a mão dele passeava à volta do umbigo, num gesto lento que fazia um ruído que ninguém ouvia, nem sei se existia: era o sal do corpo dele a ser raspado pelos círculos que ele tinha o hábito de fazer, como se fosse uma grávida a acalmar um bebé na barriga

— não tens vergonha de ter essa barriga tão grande, tio Chico?

eu provocava, também para fazer as outras crianças rirem

— nunca mais; isto aqui é um reservatório — ele ria — eu não sei nadar muito bem, se houver um acidente de barco, é só boiar

coçava-se, agora sim, com ruído, as unhas a desenhar riscos brancos na pele esticada da tal barriga redonda
— vão lá tomar banho para ir jantar

a esta hora do fim do dia, na escuridão dos coqueiros a ouvirem os segredos do vento como se o mar fosse sempre perto, as redes do lado de fora abanavam devagarinho a querer adormecer uma pessoa só de ficar a olhar para elas

no que fosse a varanda daquela casa, o tio Chico tinha instalado, há anos, as luzes fluorescentes mais feias do mundo: compridas, com os cantos enferrujados, de um amarelo tão forte e horrível que eu acho que a cor amarela devia estar ofendida de ser comparada com aquelas lâmpadas

— já para a casa de banho, e lavar bem debaixo dos sovacos

a tia Rosa dava instruções para o meu banho, como se eu fosse estar lá sozinho, mas depois vinha me "despachar", como ela mesmo dizia, porque sozinho eu ia demorar demais

na casa de banho, por mimo, a tia Rosa já tinha trazido o balde de água quente para eu misturar com a água fria, apesar de nem ser mês de cacimbo e nem estar a fazer frio nenhum

ela deixava a água cair no meu corpo, me ensaboava com exagero de espuma, debaixo dos sovacos, lavar atrás das orelhas, abrir bem a pilinha, lavar bem entre os dedos dos pés, e gastava pouca água nos primeiros momentos do banho

— assim, no fim, tens mais água quentinha só para saborear

dizia, lembrando o nosso método de há tantos anos, quando tinha que me dar banho de balde de água

— consegues ouvir, tia? — perguntei

— o som da televisão?

— o grito das cigarras

— não ouço nada

os adultos nunca ouvem os barulhos pequenos, só gostam mais de saber das coisas deles, a música, a televisão, as conversas

do lado de fora da casa de banho, estava uma das luzes amarelas tipo fluorescentes onde as cigarras adoravam ficar a dançar, a chocar contra elas, a brincarem umas contra as outras, a inventarem uma outra música que, afinal, era preciso saber escutar

a própria lâmpada, de ser tão enferrujada e antiga, muitas vezes se apagava e fazia um barulho para "arrancar", podia-se até entender o ruído do tal "arrancador", que é a peça, nessas lâmpadas, que faz com que elas acendam, esse som, do arrancador, misturava-se com o chocalhar das folhas dos coqueiros, mais as cigarras a baterem na lâmpada com força, mais as ondas do mar, mais os pés arrastados de algum bêbado sobre o cimento do lado de fora

tudo isso eram sons que uma criança escutava mas que não adiantava explicar aos mais-velhos, às vezes fico a pensar se eles serão mais surdos que as crianças, ou se é uma coisa da idade, isso de deixar de sentir os barulhos mais pequeninos do mundo

para quem não conhece bem o tio Chico e as noitadas na casa dele do Mussulo, é bom sempre apresentar bem as coisas para depois não virem me acusar de estar a aumentar o que realmente acontecia naqueles fins-de-
-semana, na casa dele

perto da casa do meu pai, perto da casa do irmão dele, Santos Pera, perto da casa do Vidal

sexta-feira, pelas quatro da tarde, já com o mar picado, na primeira viagem de barco só ia o tio Chico e eu, já contei isso

o resto do espaço era necessário para levar os não sei quantos sacos e caixas de comida, mais as caixas de *whisky* e as grades de cerveja

do outro lado da viagem, o mais-velho Miguel ou mesmo o Capri

também conhecido como Capri-GTI-Turbo-2000, pela capacidade de beber sem ficar bêbado, ou em outros dias, pela capacidade de ficar bêbado mas de continuar a beber

um deles estaria à nossa espera, já no Mussulo, para ajudar a descarregar o barco

à hora do meu jantar, lá para as oito e meia, o tio Chico já devia ter bebido todas as cervejas do fim da tarde e princípio da noite, mais os três *whiskys* de aperitivo de antes do jantar, no fim do meu jantar, lá para as nove e meia, ele já devia ter bebido as dez ou doze cervejas de durante o jantar

a hora começou a chegar

a mesa foi retirada, começou a ser tudo preparado para o jogo de sueca nessa noite estava, num canto junto à porta, com a agulha de coser redes de pesca, o mais-velho Miguel com o pano enrolado à cintura; atrás dele, com o olho sempre semifechado e o outro muito avermelhado, estava o Capri que já tinha ligado o seu turbo GTI através das cervejas que o tio Chico lhe tinha deixado beber por ser noite de enterro de alguém do Mussulo; dentro de casa, no canto perto da televisão ligada mas já sem som, estava o Mogofores e a mulher dele, que ficou famosa entre nós pela capacidade de ressonar ao ponto de estremecer as portas de madeira da sala e da cozinha que nem eram perto do quarto onde eles dormiam; do lado esquerdo do tio Chico estava a tia Rosa, que se esforçava muito por matar os mosquitos debaixo da mesa, apesar de já terem posto dois 'dragões' verdes com aquele fumo que devia matar mosquitos; eu estava do lado direito do tio Chico, mas depois fui chamado para o colo dela, para que a tia controlasse também os mosquitos nas minhas pernas; e na mesa, os quatros jogadores daquela noite: o meu tio Chico e o parceiro Vidal, um dos homens mais silenciosos do mundo; depois o Kabulo e o mudo Zeca-da-Raiz, que muitas vezes tentava mesmo falar

— queres *whisky*? — o tio Chico perguntava ao Zeca-da-Raiz — então diz lá a marca do *whisky* que queres?

o mudo Zeca fazia ruídos com a garganta e todos os mais-velhos ficavam a rir dele, mesmo que ele ficasse irritado com as veias da garganta quase a rebentarem, aquilo fazia muita impressão, mas depois até o mudo começava a rir, e com os anos uma pessoa habituava-se àquela brincadeira assim forçada na situação do outro

— a verdade é que a sueca foi inventada por mudos
comentava o Kabulo, enquanto atacava a terceira garrafa de *whisky* do tio Chico
— mas eram mudos mais espertos que este
o tio Chico gozava com o Zeca-da-Raiz
quer dizer, fica difícil de pôr em palavras estas coisas como a embirração do Kabulo com o tio Chico
até eu, só de criança atenta, já tinha entendido: o tio Chico tinha fama de melhor bebedor que o Kabulo e isso é muito diferente de ter fama de melhor bêbado
o tio Chico era respeitado até em muitos bairros de Luanda, já para não dizer outras províncias, como um bebedor que desconseguia de ficar bêbado
todo mundo sabia: o Chico Santos, para ficar bêbado, só se fosse de mistura; cerveja pura, por mais que fossem barris e barris, não lhe derrubava e no Mussulo então, a transpirar, a comer demais, a ir tomar banho de mar, era quase impossível ver o tio Chico bêbado
eu mesmo, para dizer a verdade completamente verdadeira, nunca tinha visto o tio Chico assim bêbado de lhe falhar a voz ou as pernas
e, sem contar com a tia Rosa, quem é que já tinha mesmo assistido a mais noitadas do tio Chico do que eu?
a noite cheirava a barulhos quentes vindos do mar sem vento de nenhum ruído de conchas nem búzios que não tinham vindo na maré vazia à espera da lua cheia que deixa ver caranguejos ou estrelas-do-mar assim perdidas e tristes numa areia de mar-húmido quase nem pisado pelos pés de ninguém àquela hora também ainda quente

os olhares que vinham da varanda também pesavam lá dentro: o mais-velho Miguel sempre se fingia de estar a mexer na rede, a controlar os nós, a ver se costurava bem para o tio Chico lhe comprar naquelas redes que pareciam de pesca mas eram afinal para amarrar nas árvores e impressionar os convidados estrangeiros, por exemplo, como a mulher do Mogofores, que vinha lá dos nortes de Portugal, não sei agora como era o nome da terra dela, mas ouvi dizer noutros miúdos que as mulheres de lá são diferentes

— diferentes?

ainda perguntei

— sim... não gostam de tirar os pelos debaixo do sovaco... nem de outros lugares — e faziam pausas de suspense tipo dos filmes — algumas têm bigode que até dá para coçar assim de lado, a enrolar tipo desenhos animados do Dom Quixote

— ouve lá — eu falei — e também ressonam assim de abanar portas que ficam longe do quarto delas?

— isso principalmente!

me confirmaram e saíram a rir à toa

os olhares vinham da varanda, mais-velho Miguel, que se via pelos olhos dele muito avermelhados quando já tinha bebido, e ao lado dele o Capri, com o olho dele todo fechado que eu nem gostava de olhar para não dar pesadelos à noite, só que o truque do Capri era outro, não se encostar em nada, árvore ou parede, para não adormecer assim de pé; o Capri realmente dava para ver quando tava grosso porque cheirava muito mas muito mal da boca, me chamava assim de lado, me abraçava para falar, pedia para eu ir buscar uma bebida quente, eu ia só, antes que ele falasse e me abraçasse mais, eu acho que tinha medo que ele caísse em cima de mim, obedecia, dava-lhe bebida às escondidas, o mudo Zeca-da-Raiz também lhe dava bebida às escondidas, mesmo às vezes algum convidado ou a própria avó Graziela também lhe dava, é por isso que o Capri andava sempre grosso a não se encostar a lado nenhum para não adormecer

— sabe o quê, mô Ndalu?...

a voz dele estremecia, fazia uma pausa de quem andava dentro dos pensamentos a buscar palavras de continuar a falar

— sabe o quê...?, se eu adormecer mesmo... como é que vou beber ainda mais um bocadinho?... vai só lá dentro

me abraçava de novo, a boca a cheirar muito mal

— vai só... e traz então um copito no tô kota... só mais um copito

cruzei a sala, não me lembro das horas, devia ser mais que meia-noite, a hora em que até mesmo os jogadores começam a ficar calados e com sono

a tia Rosa mesmo já pestanejava de enfraquecer o olhar e acordar de deixar cair a cabeça para frente, se eu sorrio para ela, ela disfarça, finge que estava a sacudir mosquitos do pescoço, passa a mão pelas pernas dela, e pelas minhas, ainda pode dizer alto

— está cheio de mosquitos aqui, caramba; Dalinho, daqui a bocado vamos pra cama

mas eu sem sono fico a olhar cada um no seu canto, a gravar as imagens que eu nem sabia que havia um lugar tão dentro da minha cabeça onde todas essas coisas iam ficar para eu lembrar de contar assim como agora, às vezes, me apetece

os olhos de fora, dos que estavam na varanda: o Mogofores a sacudir a mulher dele para ela não começar a ressonar àquela hora, à frente de todo mundo, para ele não passar mais vergonha; no outro canto lá longe a avó Graziela muito quieta, com os cabelos brancos lindos dela à espera que o tio Chico, mesmo concentrado no jogo de sueca, dissesse alto para todo mundo rir

— lá está ela...

fazia uma pausa, ela ameaçava de saber o que ele ia dizer

— Chico, vê lá o que vais dizer, dessa boca só sai merda... é só merda!

a tia Rosa, filha dela, reclamar

— oh mãe, tão aqui crianças

o tio Chico rir alto, beber mais *whisky* do copo dele, o Kabulo preocupado porque o tio Chico já tinha bebido mais do que ele, o Kabulo pegar nervoso na garrafa de *whisky* e servir-se mais, não sei se era porque não tinha cartas boas ou se queria só mostrar que aguentava o ritmo do tio Chico, e então, depois de olhar para o sorriso devagaroso do Vidal, o tio Chico dizer a frase dele

— lá está ela...

a olhar e a rir para a avó Graziela

— o grande urso polar!

e todo o mundo ficar sem saber se podia rir ou não, o tio Chico ria primeiro, mesmo a tia Rosa, estremecia de também sentir vontade de rir, era o modo como ele dizia "o graaaaande urso polar!", o Vidal não ria por respeito à mais-velha mas também ria um pouquinho por respeito ao dono da casa e parceiro de sueca, o Mogofores sorria sem fazer ruído para que a avó Graziela não notasse, eu podia rir que era criança, o Miguel e o Capri não riam por respeito e o Kabulo aproveitava a movimentação, se todos estivessem a olhar para a avó Graziela, para tentar ver o jogo dos outros, a tia Rosa ia dizer outra vez

— aqui tem muito mosquito, pópilas!

por estas coisas é que uma pessoa não tem palavras de conseguir explicar o momento em que tudo começou, mas acho que foi no momento em que o tio Chico falou, com um brilhozinho nos olhos

— tem que sobrar um mosquito..., hoje tem que sobrar um mosquito

talvez até ninguém tenha ouvido essas palavras dele, muitos ficam a olhar a mesa, a contar as cartas da sueca, os mais-velhos fazem isso, especialmente o meu pai, decora as cartas que já saíram e depois sabe as que faltam, conta os pontos e guarda a manilha que é o sete e esses truques da sueca que parece que é um jogo mesmo difícil, deve ser por isso que foi inventado por mudos

— menos o Zeca-da-Raiz — dizia o tio Chico, — é o único mudo que não sabe jogar sueca, porra, mais valia que pudesse falar

as mãos da tia Rosa passavam pelas pernas dela, batiam nas minhas, matavam mais um mosquito

— tou a falar a sério, Rosa — o tio Chico disse, mais baixo, a olhar para ela — tem que sobrar um mosquito

a tia Rosa quando foi fazer xixi aproveitou para trazer mais duas garrafas de *whisky*

lá fora tinha chegado um ventinho que levantava ondinhas no mar que não ficava picado mas só bonito de silêncios atrapalhados porque essas ondas queriam rebentar na praia agora, no início quase da maré cheia, mesmo sem ir lá molhar os pés eu sabia, já não era hora boa para apanhar caranguejos e algumas estrelas-do--mar já estavam a regressar ao fundo com a correnteza daquela hora, os barcos já tinham virado para o outro lado com a corrente, no próximo intervalo algum mais velho iria lá fora ver se todos os barcos ainda estavam presos, se as âncoras ainda estavam ferradas, como dizia o meu avô Aníbal

mesmo que não estivessem

quem é que ia mesmo mergulhar àquela hora da madrugada depois daquele *whisky* todo?, talvez o Capri mas só fez isso uma vez na vida e escapou morrer de não voltar, disse-me no dia seguinte

— quem me salvou foi alforreca

eu ainda fiquei a pensar naquilo, como é que uma alforreca podia ter lhe salvado, ninguém me explicou, uns disseram que o Capri era um bêbado que inventava estórias, mas no dia em que eu tava a tomar banho nu e fui picado por um monte de alforrecas, fiquei com o corpo todo a arder, incluindo o rabo e o pirilau, aí entendi que uma alforreca pode ter lhe mordido e ele ficou assim mais acordado de vir a nadar até à beira e ter-se adormecido ali onde foi encontrado de manhã, até pensaram que estava morto mas o tio Chico disse logo que não

mandou irem buscar uma cerveja muito bem gelada e começou a salpicar-lhe na cara, primeiro devagar, depois mais depressa, a falar umas palavras que depois me disseram que era latim, afinal era só de imitar umas frases de um padre de uma telenovela que agora não me lembro qual era

— ele acordou porque era latim?

perguntaram

— não! — o tio Chico ria — acordou porque era Nocal!

tudo isso lembrei por causa das duas garrafas mais que a tia Rosa trouxe, e começaram a atacar, o Kabulo com gelo, o tio Chico já tava a beber seco, o Zeca-da-Raiz pediu para lhe servirem mas só lhe deram um bocadinho, o Vidal fez sinal com a mão que não queria beber mais, o Mogofores também fez que não mas a mulher aceitou, da varanda as mãos do Capri e do mais-velho Miguel também pediram para encher os copos de plástico, e o Kabulo bebeu bem de repente

— olha que isso não é água

brincou o tio Chico enquanto baralhava novamente as cartas

— bem, esta é a última rodada

avisou o Vidal, que já tava a bocejar e a esfregar os olhos

— ó Chico, pensei que a última rodada era quando acabasse o *whisky*

falou o Kabulo

— mas estamos a jogar a quem-bebe-mais-*whisky* ou à sueca?

o mudo Zeca-da-Raiz riu com grunhidos, fez sinal de gozo para o Kabulo, depois apontou para o tio Chico, fez o sinal assim de um copo a ir para a boca, e fez assim um "uuuuuuuuuuuuu!" que saiu do fundo da garganta

— mas se houver aqui quem aguente — o Kabulo tinha a voz mais estranha — vamos ver quem mata este *whisky*

faltava uma garrafa quase inteira, no meio dos copos deles, do tio Chico e do Kabulo, que também mexia as pernas tipo nervosinho para afastar os mosquitos

as cartas na mesa, já quase ninguém falava, era sempre assim, parece que a última partida era o tudo-ou-nada, ficavam calados os mais-velhos, mais sérios, todo mundo espreitava a mesa e ficava nervoso quando a quarta pessoa a jogar decidia a jogada

o Kabulo cortou

e ficou a olhar para o tio Chico que afinal tinha uma carta melhor e cortou por cima, ele ficou nervoso e serviu-se de mais *whisky*

— queres mais?

o Kabulo perguntava ao dono da casa, até parecia mal

— sempre! — o tio Chico riu — não é, Dalinho?

eu deixei o corpo chegar para trás, encostei no colo da tia Rosa que começou a passar a mão nos meus cabelos de propósito só para me adormecer, eu não queria, estava atento ao jogo, tinha visto as cartas do tio Chico e achava mesmo que ele ia ganhar

encheram os copos, beberam mais

o Kabulo depressa, o tio Chico devagarinho, o Vidal calado, o mudo mais mudo que nunca, nem já uns ruídos assim de querer falar, duas cartas na mão, penúltima rodada, o tio Chico serviu mais *whisky*, a avó Graziela também espreitava o jogo de longe, as últimas quatro cartas e

todos pararam assim de olhar a mesa

ninguém queria ser o primeiro a jogar, o Vidal olhou para a varanda, piscou o olho ao mais-velho Miguel, o Capri desistiu de se equilibrar e deixou o corpo encostar no coqueiro que nem estremeceu de aceitar o sono dele

a mulher do Mogofores começou a ressonar baixinho, depois menos baixinho, e ninguém falava nada, nem o Mogofores, de tão concentrado, não deu a cotovelada no braço dela

a tia Rosa chegou um pouco para a frente para ver a última jogada, o Vidal jogou, devagar, o mudo Zeca-da-
-Raiz jogou a última carta, era a vez do tio Chico, olhou para mim, piscou o olho, bebeu o resto do *whisky*, pousou a carta dele muito devagar, e o Kabulo começou a rir, primeiro baixinho, depois meio forçado, olhou para o tio Chico e pousou a carta: ás de trunfo que ele tinha deixado para o fim, eu não tinha contado os pontos mas acho que ganhando aquela vaza, eles ganhavam o jogo

o Kabulo ria no meio do silêncio de todo o mundo, só o riso dele a dançar com o ruído da mulher do Mogofores a ressonar

eu não sei quem viu primeiro

se foi o próprio Kabulo ou se fui eu, talvez mesmo o Vidal que já estava com uma cara estranha, ou o Zeca-
-da-Raiz que abriu a boca de espanto como se fosse uma pessoa que pudesse falar mas que naquele momento

desconseguia de falar, a tia Rosa fez um gesto quase nenhum para a frente e empurrou-me as costas, o Kabulo ficou com a mão presa no copo, sim, a mão que podia ter espantado ou matado o mosquito

e ninguém se mexeu

o Kabulo parou de rir

de repente, só o vento lá fora bem devagar nas folhas dos coqueiros e o som estremecedor da mulher do Mogofores a ressonar, o Mogofores também olhou e viu, a avó Graziela também olhou e viu, e eu que estava mesmo colado ao tio Chico vi muito bem

o mosquito deu duas voltas pelo centro da mesa, bem por cima do ás de trunfo do Kabulo, fez voo rasante na mão dele, no copo dele, mas não parou, olhei os olhos do tio Chico já a rirem porque o tio Chico antes de rir com a boca começava a rir com os olhos, e o gesto bem lento devagaroso de quase pouco dele a levantar o braço em câmera lenta, a oferecer o braço dele

e o mosquito a pousar

todos a olharem sem ninguém se mexer, nem mesmo o próprio tio Chico a ser mordido, parecia era armadilha, eu mesmo à espera da outra mão dele de repente a esmagar o mosquito de ficar todo vermelho no braço dele, ou a tia Rosa em gesto de matar o mosquito no braço do marido, mas nada!, ninguém que se mexia, o mudo Zeca-da-Raiz ainda com a boca mais boquiaberta e, quando o Kabulo ia começar a dizer qualquer coisa, só desconseguiu

— shiuuuu! — o tio Chico fez devagar — olha... é só olhar...

todos vimos com olhos de lembrar, eu até é que posso falar de jurar e contar de novo que eu nem tinha bebido nem só uma gota de *whisky*: o mosquito todo lento e gordo, depois de ter voado sobre o ás e o copo de *whisky*, aterrou mesmo bem no braço do tio Chico, ferrou bem, chupou tudo o que podia chupar e depois levantou voo de estarmos todos ainda a olhar para ele, e o Kabulo ter tentado de novo

— ó Chico...!

o próprio tio Chico a inaugurar um sorriso na boca dele e a apontar para o mosquito como quem diz

olhem, olhem

e todos a olharmos o mosquito a dar duas voltas de rodopio maluco, e quem estava lá — viu, também a toalha era amarelada e o mosquito era bem preto e gordo, não houve nem poderá haver dúvidas: o mosquito deu duas voltas bem curtas, e caiu, morto!, caiu morto em cima do ás de copas que o Kabulo olhava até de nem acreditar que um mosquito afinal tinha morrido assim só de ter picado no sangue do tio Chico

ninguém disse nada

o Mogofores estremeceu a mulher para ela parar de ressonar e acordar, levantaram-se, passaram pela mesa, olharam o mosquito e foram deitar sem dizer boa noite a ninguém, a avó Graziela levantou com esforço da cadeira, gemeu um pouco, fez pausa de passar perto da mesa, olhou, sorriu para mim, foi se deitar

até o mudo Zeca-da-Raiz não conseguiu falar: bebeu o resto do *whisky* no copo dele, os olhos todos abertos, avermelhados ninguém não teve coragem de olhar para os olhos do Kabulo, parece que talvez mas não sabemos até hoje se ele queria dizer alguma coisa que não disse

levantou-se muito devagar, não conseguia deixar de olhar o mosquito, pegou no copo de *whisky* dele mas não bebeu, ficou a olhar só

pousou o copo perto da borda da mesa

— boa noite, dona Rosa

o Kabulo saiu com a voz de muito-triste

depois o Vidal se despediu e saiu com a lanterna dele a iluminar a areia para não bater com os pés nas pedras, o mais-velho Miguel enrolou os panos e também foi para a cubata dele, o Capri já tinha adormecido na areia das raízes do coqueiro, o mudo Zeca-da-Raiz levantou-se e foi embora a arrastar os chinelos no chão da sala ainda com areia

— bem, vou varrer o chão

a tia Rosa falou

— não vais varrer nada a esta hora

o tio Chico encostou-se para trás na cadeira dele, fez-me sinal para eu chegar perto dele, coçou o braço onde tinha sido picado, mostrou-me a borbulha

eu olhei para a borbulha, tive medo que o mosquito já tivesse ido embora; olhei, estava ali, quieto, bem morto, não tinha movimento mais de voar

— ai..., Dalinho — o tio Chico deu-me uma palmada nas costas assim de carinho mas sempre com a força exagerada dele — as pessoas falam demais... e a sueca foi inventada por mudos

a tia Rosa levou-me para o quarto, ficámos ainda muito tempo à espera do tio Chico, mas ele não veio
ficou ainda assim, de sozinho, na escuridão da sala, a beber o *whisky* dele
— tia, aqui no quarto tem mosquitos?
— não te preocupes, dorme só
ela coçava a minha cabeça num movimento de magia que eu nem consegui aguentar cinco minutos acordado mais.

e nunca mais:
foi nessa noite que o Kabulo começou a nunca mais vir jogar sueca na casa do tio Chico.

se calhar nada é tão de verdade; acontece só.
mais: lembramos o que podemos lembrar, o que inventámos
de lembrar, ou o que lembramos para poder saber viver?

era sábado
e antes desse almoço de sábado era sexta-feira ao fim da tarde
e antes eram os dias de antes, mas já depois das eleições
tantas coisas: medos, algumas confusões, alguns tiros, alguns mujimbos, alguns dias a passar devagar; a Rádio Nacional com as notícias, e o rádio onde eu apanhava os walkie-talkies de militares a falar em código; que alguma coisa tinha que acontecer, era óbvio; que ia acontecendo aos poucos, também, só não sabíamos que ia ser no sábado, naquele sábado
quer dizer: eu não sabia
soube no sábado, à hora do almoço.

éramos cinco mais um
um bebé mesmo desses que tinha acabado de nascer

os donos da casa: tia Tó e tio Joaquim; Djamila, a filha deles; eu, sobrinho; a prima Utima e o bebé dela que já estava a ouvir os barulhos da guerra

a hora era do almoço, dia já falei: sábado

o barulho, parecia da chuva, só que, vindo da sala, o tio Joaquim já tinha ouvido nos rumores do rádio dele de ondas curtas que apanhavam notícias do tão-longe: aquela chuva era a guerra a começar em Luanda

— parece barulho de chuva mesmo

eu queria acreditar que não era ainda a guerra, eu queria ainda que ele me dissesse que eu podia comer em paz, que ele estava a brincar, que os meus pais iam telefonar a dizer que estava tudo bem, que ia saber também o que estavam naquele momento a almoçar as minhas duas manas

eu queria ainda que ele fosse beber o café dele na varanda do segundo andar da casa dele a ouvir o rádio *am* a dizer que a guerra ainda não tinha chegado a Luanda

— mas isto não é chuva, é o rebentar da guerra

foram as palavras dele

ou então é a minha maneira de lembrar, talvez as palavras dele tenham sido

— isto não é chuva, é a guerra a rebentar

a tia Tó disse

— vou ver a comida que ainda temos, pelo sim, pelo não, ninguém repete a comida, fica cancelado o segundo prato

era ainda voz de brincadeira, mas todos sabíamos que aquela era a confirmação confirmada do que o tio Joaquim tinha acabado de dizer, a diferença, isso eu não posso esquecer, a diferença entre nós os seis esteve sempre no olhar

nos olhares

o olhar do tio Joaquim, naquele momento, não vi

o meu foi de buscar o olhar da tia Tó

o da tia Tó foi o olhar dos mais-velhos que querem esconder medo ou preocupação das crianças, só que eu vi

eu vi o que não era para ver, antes de ela afastar o olhar para o outro lado, antes de ela ir lá fora fazer o *check-up* da geleira, antes de ela entrar na despensa e descobrir que, por acaso, não havia mais açúcar

o olhar da Djamila foi o de fingir que não estava a entender que a guerra tinha chegado

aquela guerra que nunca ninguém nos apresentou ou explicou, a guerra que sempre tinha "andado lá longe" sem nos ameaçar assim nas ruas da nossa cidade, no nosso mar, nas nossas praias, nas nossas famílias, tinha, assim, de repente, com esses ruídos estranhos e enormes, acabado de chegar

só que *chegar* era uma palavra muito estranha de se dizer sobre uma guerra, talvez o tio Joaquim tenha dito

— isto é a guerra a chegar

o olhar da Utima, também não me lembro bem porque os óculos dela eram tão grossos que eu podia ver os olhos mas não podia mesmo era espreitar o olhar dela

mas, pela direção ela olhava o bebé pequenino que tinha só uns dias no mundo e na nossa cidade de Luanda onde a guerra tinha acabado de chegar segundo dizia o rádio *am* das ondas curtas internacionais e o tio Joaquim também pensava a mesma coisa eu já no momento da primeira cólica: quer dizer, a guerra chega devagar ou é como então?

e a sobremesa? ainda vamos ter fruta?

a tia Tó era craque na missão de dividir as coisas da comida

as mãos carinhosas, o riso disfarçado de boa disposição, só aquelas mãos no olhar dela desadormecido da preocupação não dormida, só as mãos dela de nossa-tia faziam o milagre do pouco parecer muito e que até ia chegar para os dias que ainda não sabíamos quantos é que iam ser

nós os cinco mais um bebé, na casa deles, do tio Joaquim e da tia Tó, na marginal, na nossa cidade de Luanda, embora estou a aumentar na conta da minha prima Utima porque ela é de Benguela e não vamos lhe deixar ela dizer que é também de Luanda

a minha confusão por dentro? o que eu sentia: não tinha como

a cólica começava a dar-me na zona que se chama de dor de barriga; a vontade de ficar ali a ouvir os mujimbos que não havia ainda; só o olhar calmo, silêncio misterioso, do tio Joaquim a não dizer nada; o rádio a não dizer nada durante muitos minutos, tudo cortado; a prima Djamila a vir dizer que o telefone também já não funcionava; a tia Tó a disfarçar o riso e o olhar mas eu a entender perfeitamente que ela estava masé a contar na cabeça e nas mãos e em todos os gestos desarrumados as comidas da despensa, os restos da comida congelada, o que faria se a luz também fosse embora, a quantidade de sal, a quantidade de açúcar no açucareiro, leite aberto mas ainda não estragado, leite em pó, os iogurtes, a fruta e os legumes frescos para os mais-novos, as fraldas do bebé, a água potável no filtro e a água guardada nos garrafões, a tia Tó a disfarçar mas eu a entender que nem ela sabia bem o que se estava a passar com os tiros lá fora, o bebé da Utima a chorar

a encher o silêncio da cozinha dessa voz que tinha acabado de chegar

não sei porque não perguntei aos outros, não sei mesmo se naquele momento não tivemos todos um pouco de vergonha

como é que íamos explicar a um bebé acabado de chegar que aqueles medos, aquela situação estranha que tinha parecido um início de chuva era afinal um outro início, aquela desarrumação de sons e explosões era

uma tal de coisa chamada guerra

que nós também não tínhamos sido avisados, nem a mãe dele poucos dias antes, ao parir, "vou para Luanda, assim o miúdo passa umas semanas relaxado", deve ser isso que a Utima disse à tia Fernanda, mãe dela, para vir nascer o miúdo na cidade de Luanda que sim, andava um pouco mais calma que Benguela e outros lugares, e a mãe dela veio também acompanhar o parto e agora já estava em Benguela de novo, tinha havido vaga repentina num voo de quinta-feira, e agora era sábado

seria só mais um sábado de Luanda, o funji à mesa, o atraso até às catorze horas em milhares de casas, quem esqueceu de trazer o vinho vai buscar, quem esqueceu de trazer jindungo vai pedir no vizinho, quem esqueceu o gelo vai desenrascar sem delonga, não é demorar na casa de uma dama que está a atacar e atrasar ainda mais os ritmos, quem esqueceu a aparelhagem vai inventar uma de última da hora, tudo para dar ou inventar o tempo da população acabar o peixe, o funji, a farinha, o feijão

— o fulano morreu

— passa mais cebola, passa ainda mais súmate

— avó, bate só mais funji, aqui estamos ainda fobados

— passa só outra cerveja, essa não, uma mais gelada

— ó piô, vai lá fora comprar cigarro

quem esqueceu de morrer mais cedo vai ter que esperar e morrer ao fim do dia, fashavor, para não interromper o ritmo da refeição pesada de sábado

era isto talvez que toda a cidade de Luanda pensava quando essa chegada da guerra chegou mesmo em cima da hora de comer

se fosse a minha avó ia dizer que era falta de educação chegar assim na casa dos outros, na cozinha dos outros

a tia Tó ainda preocupada com outras coisas acumuladas e de repente já ter que arrumar todo pensamento dela na comida e bebida dos cinco mais um bebé, oxalá que ninguém não adoeça pois com a guerra não se pode estar a andar à toda hora aí nas ruas à procura de coisas nem de médicos nem de hospitais

e nós, as crianças, nem sabíamos

que aquele ruído todo com som de explosões e coisas a rebentar, ia mesmo matar muita gente, mas era um tipo de morte mais séria que não adiantava levar mais num hospital nem iam ser números que pudéssemos contar, nem iam ser estórias assim agradáveis de ouvir ou de contar a cólica e o ruído barulhento só a aumentar-aumentar

"a guerra afinal faz barulho", foi o que pensei a caminho da casa de banho, que eram duas, as casas de banho, perto dos quartos, naquela parte de trás que as duas varandas iam dar para aquelas bandas ali do Miramar, onde o som, dali a algumas horas, ia chegar tipo ecoado com espaço a mais

eu a pensar sem saber ainda: a guerra faz muito barulho, ou são as pessoas que fazem muito silêncio durante a guerra e os pássaros vão embora durante quatro dias e ninguém sabe como perguntar para onde eles foram...?

sábado aconteceu durante a pressa do nosso almoço, o barulho a crescer lá fora, a cada minuto a aumentar mais, todos rápidos, até o bebé?, a atualizar o medo, os pequenos olhos da prima Djamila a espreitar o medo em cada um de nós

os olhos da tia Tó a desdobrarem-se para acalmar todo mundo, o estranho sorriso no canto da boca do tio Joaquim, afinal aquilo, aprendi a conhecer, não era sorriso de rir, era só a cabeça dele a funcionar em mil cálculos e possibilidades que ele estava a fazer e a adivinhar, quem diria o quê, quem tinha causado o quê, como aquilo ia mudar o rumo da História, das estórias

todos a atualizar o medo

a prima Utima a sacudir o bebé com carinho e susto em cada morteiro que se ouvia, eu até a olhar e espreitar sem saber se o bebé estava a chorar o choro dele mesmo de ser bebé ou estava ainda mais a cair no susto daqueles tiroteios repentinos, que a tarde de sábado aqueceu muito, mesmo no verbo aquecer que é do aumento dos tiros e bombas o ouvido a treinar já de separar ruído de granada, pistola, aká, morteiro pequeno, morteiro grande, metralhadora que fica no chão, metralhadora em cima do prédio treme-treme, ecos de morteiro a cair na água da baía, tiros que vinham do Cruzeiro e Miramar na direção de baixo, tiros que estavam a cruzar o céu sem dizer de onde vinham nem qual era a direção que iam tomar

— não quero ninguém aí perto das janelas nem perto das varanda de trás

a tia Tó ainda disse no início

sem saber que a guerra ia ainda ficar por uns dias e todos iam se habituar, até o bebé no fim desse domingo já estava a entrar no ritmo dele a mamar bem no peito da prima Utima, até começámos a rir porque uns tiros mais pesados afinal em vez de lhe acordar lhe embalavam, e ele deixava de mamar com a boca aberta e se babava de adormecer com todos a olharmos espantados que aquilo, se alguém tivesse dito, até era bonito de se dizer ou pensar que um bebé se embala no colo da mãe de qualquer maneira e com qualquer banda sonora mesmo que seja da guerra

não eram as balas e os morteiros que lhe iam tirar o sono

era o calor assustado da minha prima Utima que lhe dava ritmo de adormecer assim, no centro do apartamento, esse lugar para onde todos, adultos e crianças, sabem que têm de ir quando o tiroteio fica mais quente e as balas desconseguem de atravessar muitas paredes

a tarde de sábado deu início depois do almoço

eu fui estrear a minha cólica sentado na casa de banho ao lado do quarto dos meus primos que já nem estavam em Luanda, coitados, não sei se lá na tuga estavam preocupados connosco ou quê, mas nem me lembrei disso para dizer a verdade, alguém bateu à porta e eu disse
— tá ocupado

talvez fosse alguém também com cólicas de medo, porque eu até acho que não tinha diarreia, eram mais cólicas de nervoso, nem pensei nos primos que estavam na tuga, me deu um susto todo embrulhado em pensamentos que eu não tinha nem ainda preparados para serem falados, era um susto todo estranho como se tivesse engolido uma nuvem cinzenta carregada de chuva

foi aquilo de o tio Joaquim ter dito que era mesmo a guerra 'em Luanda'

mais o telefone ter deixado de funcionar, e a rádio também estava a dar só música clássica e às vezes nem isso, e o barulho dos tiros estar a aumentar-aumentar, cadavez mais alto e mesmo que eu não quisesse eu notava novos barulhos, eram armas que eu nunca tinha ouvido, e nem a tia Tó nem o tio Joaquim sabiam dizer se aquilo era assim arma de pegar, de lançar coisas, de levar nas costas, de levar no jipe, se era já som de helicópteros que eu disse que ouvi mas disseram que eu estava a baldar

a cólica-nuvem não me deixava pensar bem, eu suava
  comecei a pensar na mãe, no pai, na mana Tchi e na mana Yala

que ontem, sexta, eu tinha lhes deixado em casa só para ir dormir na casa da minha tia Tó e agora não conseguíamos falar por telefone e o barulho que eu ouvia, sentado na casa de banho perto do quarto dos primos, vinha daquelas bandas do morro do Miramar e eram mesmo

não tinha mais dúvida

helicópteros, mais do que um, só que eu sentado com cólicas não tive tempo de chegar à varanda para ir ver quantos eram mas sei que passaram rápido e ainda pensei que não tinha reparado se havia papel higiénico naquela casa de banho antes de me sentar a pensar e a ouvir tudo isto

mas havia, sim

o fim de tarde aqueceu muito, os barulhos já começavam a ser normais

já estávamos a rir perto da hora do jantar, parece às vezes o ouvido e o coração habituam-se aos barulhos e rapidamente uma pessoa passa a ser outra pessoa, umas horas só assim de mini guerra em Luanda e já tínhamos crescido na coragem também, será?

até a minha prima Djamila, mais nova, será que tinha menos ou mais medo do que eu?, e o bebé da prima Utima?, assim, entre sono e susto, entre barulheira e leite da xuxa, entre os murmúrios da mãe dele e o medo da mãe dele a ir pelo leite até à boca dele bem recém-nascida, e o coração da tia Tó a fingir perto das crianças que estava tudo bem e ainda havia bué de afinal pouca comida?, e os olhos do tio Joaquim a olharem um longe pela varanda que atravessava os tempos, estes mais-velhos uma pessoa não pode esquecer estas coisas

estes mais-velhos já atravessaram tanta coisa, claro, não têm a idade da avó Agnette, mas a idade é só contada nos dedos dos anos?, ela, a tia Tó, que também andou antes a ver outras guerras e no tempo do tuga até esteve presa a passar mal

eu acho que qualquer pessoa não deve gostar de estar presa, sobretudo as que vão mesmo para a cadeia

e nem posso dizer que é diferente o caso do marido dela, o tio Joaquim, porque ele ainda esteve bué de anos mais preso que ela, também no tempo do tuga, apanhado e galhetado pela Pide o tio Joaquim então podia não conhecer bem os territórios de Portugal todo, mas das cadeias até que podia ser guia turístico, até eu fixei os nomes, Caxias, Lisboa, Peniche, coitado do tio Joaquim, eu pensei, tantos anos que ele teve já da vida dele a aturar as coisas da guerra

e tive mesmo que parar com os pensamentos porque pensar também pesa, e às vezes fico pesado nos olhos e no peito

era preciso distrair e acompanhar os outros no pensamento de arejar masé com brincadeiras, aceitar o nosso modo familiar de lidar com a guerra, como quando havia funerais também era do nosso modo familiar que podíamos falar do morto, brincar com a memória do morto, jogar, beber, rir e lembrar entre lágrimas e palavras de falar coisas bonitas, faz lembrar as palavras que eu ouvi uma vez

ou alguém me contou

da avó Catarina quando disse que o abano das brasas do carvão tanto acende o carvão quanto pode ajudar a refrescar a pessoa perto do fogo

e o jantar de sábado já foi pouco, mas ainda havia comida

nessa mesma noite, posso dizer, começámos a estrear os restos, e ainda o que seria sempre os 'restos' até terça-feira, mas não sabíamos nesse sábado que só terça íamos poder sair de casa, não todos, que a Utima tinha que ficar com o bebé, a Djamila era mais nova, o tio Joaquim ia ter que ficar a tomar conta delas, e eu teria que ir com a tia Tó fazer companhia no carro, ir ajudar, ir buscar comida na casa de quem tivesse comida, sempre os dois no carro a dizermos que íamos em missão, a lembrar e a rir daqueles dias de guerra

ela, a minha tia, irmã da minha mãe, sem nunca me ter dito com os olhos ou com a voz dos medos que também teve naquele dia, sem nunca ter sido apanhada na despensa ou na cozinha ou na casa de banho a chorar sozinha, como deve ter chorado, também preocupada com os outros todos nossos de Luanda que não sabíamos nada deles

a mãe dela, minha avó

a minha mãe, irmã dela

sem poder falar com os outros dois filhos que estavam em Portugal, e a preocupação dela não era por eles não estarem bem, porque até estavam melhor que nós, mas sim a preocupação de uma mãe que sabe do coração apertado dos filhos noutro país tão longe a não saberem notícias dos pais que andam ali num fim-de-semana cheio de guerra

na terça-feira íamos poder sair de casa

eu a fazer companhia à tia Tó que ia a conduzir o carro dela, a revermos a cidade depois de todas aquelas noites, todos aqueles barulhos, sem eu nunca lhe ter dito com os olhos ou com a voz dos medos que eu também tive naqueles dias, sem nunca ninguém me ter apanhado na cozinha, ou na varanda ou na casa de banho a chorar sozinho, como chorei, também preocupado com os outros todos meus de Luanda, a mana Yala, a mana Tchi, a minha mãe e o meu pai, a minha avó Agnette, coitada, que também andava assim na vida dela que tinha estreado

em mil novecentos e quinze

a atravessar tantas guerras e à espera, tantos anos, tantas vezes, em tantas lágrimas, em tantas dores e distâncias, que as guerras acabassem para ela também poder, já não digo morrer em paz, mas sim viver em paz

terça-feira saímos juntos em missão de reconhecimento, como me disse a tia Tó, a não falar dos medos, nem dos mais recentes, nem do que estávamos a sentir naquele momento

ainda a ouvir tiros ao longe, ainda a ver cápsulas de balas e corpos nas ruas, a tia Tó a disfarçar que estava só a fazer marcha-atrás de escolher um outro caminho e eu a entender que havia mesmo corpos no chão e aquela rua não ia dar para passarmos ali perto dos Correios

— é melhor dar a volta, camarada

eu brinquei

— vamos subir o Eixo Viário e passar no Kinaxixi, a Baixa já está reconhecida

ela a sorrir de olhos desquietos a tentar não contar os mortos, mas nenhuma volta ainda não dava para se dar de carro, até alguns barulhos ainda aumentaram, tivemos que fazer "um recuo estratégico à base de uma retirada organizada", como uma vez disse o comandante Sukissa

passámos na casa da mãe da Rute, apanhámos lá qualquer coisa de peixe e açúcar que ninguém ligou porque já tinha pegado a moda do mel, mais dois iogurtes que a tia Tó depois fez o milagre da multiplicação com a técnica que ela tinha de aumentar iogurtes

o bebé da Utima estava bem, o tio Joaquim ficou bem contente que lhe mandaram um bocadinho de *whisky* e assim ele podia de novo sentar na varanda com o rádio a ouvir as notícias internacionais da BBC, a comparar o que tínhamos vivido com o que agora relatavam os especialistas que costumam saber tudo da nossa guerra, e ele a rir

quando as pilhas acabaram

e, finalmente, sem rádio para ouvir

no segundo andar daquele prédio da marginal, ficámos todos na varanda, a Djamila, a Utima e o bebé dela muito recém-nascido, eu, a tia Tó e o tio Joaquim que decidiu me perguntar quais eram os departamentos que nós tínhamos inventado naqueles dias, que ele era desatento para essas coisas mas agora tinha ficado curioso

a tia Tó olhou para mim a sorrir e deixou que eu dissesse, um por um, os departamentos, as missões, o que tinha acontecido e o que não tinha sido bem assim enquanto ele olhava lá para baixo uns camiões a passarem em direção ao porto, sentados na parte aberta estavam uns jornalistas, uma moça loira acho que o nome dela era Cândida Pinto fez adeus ao tio Joaquim, ele respondeu com um sorriso, a fazer adeus lá para baixo

o mar ali perto a encher a baía toda azul e calma de novo, aquilo me fez sorrir, o bebé da prima Utima nem estava a chorar porque o baruho das árvores também sabe embalar bebés

— diz lá outra vez os departamentos

pediu o tio Joaquim

eu pensei que ele tinha esquecido

— diz

a tia Tó insistiu

eu a respirar devagar porque, pela primeira vez, em tantos dias, me sentia só bem de estar ali a ouvir os barulhos todos da tarde sem tiros, sem medos, sem pensar que tínhamos que nos esconder na casa de banho caso o tiroteio ficasse mais quente

— tio Joaquim: divisão de informação e controlo da varanda

eu a respirar devagar a lembrar de cada detalhe daqueles dias, coisas que nem cabiam ainda na minha cabeça, acho eu, não porque eu não me lembrasse ou não soubesse, mas porque não queria ter sentido aquilo tudo tão de repente e tão ao mesmo tempo

— tia Tó: logística alimentar e medicamentosa

eu a olhar o olhar da tia Tó toda orgulhosa, como ela dizia, da minha língua portuguesa, às vezes ela perguntava-me onde é que eu ia buscar tantas ideias, se eram de verdade ou inventadas, eu tinha que lhe explicar outra e outra vez que em Angola não era preciso inventar nada, ou a cidade te dava as estórias, ou a rua, ou a escola ou então havia sempre uma caixa cheia de estórias em cada família

— camarada prima Utima: departamento de menores e centro de amamentação

eu a explicar, tantas vezes, que em Angola essa caixa de estórias normalmente era guardada por uma avó, na nossa família, por acaso, até havia mais do que uma caixa de estórias, e eram diferentes, e era preciso saber olhar

— camarada prima Djamila: posto de observação recuado e reserva de água

o tio Joaquim pôs o cálice na boca para aproveitar lá os últimos bocados de gotas de *whisky* que já tinha acabado, enquanto o sol desaparecia do outro lado quase ali na fortaleza, perto do prédio treme-treme que agora, com uma enorme metralhadora que estava ali nos lados do largo do baleizão, finalmente eu acho que fez sentido esse nome de treme-treme que nunca ninguém ainda me quis explicar essa estória

— camarada Ndalu: telecomunicações e transportes

o tio Joaquim a rir de repente

ele pensava que eu não ia dizer "telecomunicações" porque desde sábado que os telefones estavam cortados, a Rádio Nacional tinha deixado de emitir, mas eu fiz o serviço mesmo assim, que era de transmissão de informação ou notícias mesmo dentro do apartamento, atualização dos horários das refeições, ponto da situação dos baldes de água na casa de banho, movimentação de um guarda-sozinho, coitado, que poupou as balas durante quatro dias, e algumas poucas vezes, sim, disparou para o ar, alguma coisa assim tipo teatro de mostrar que ali tinha alguém armado mas com a mesma técnica cuidadosa que nós estávamos a usar com a comida: poupar

era preciso poupar as balas como nós poupámos o leite

como a tia Tó poupou a fruta, como o tio Joaquim poupou as pilhas, porque ninguém sabia quando iam terminar os dias de combate

— tudo na guerra é diferente

o tio Joaquim falou baixinho

e fizemos silêncio

a tia Tó nos abraçou devagar, de um lado a Djamila, do outro eu, nós todos na varanda, era essa a imagem que eu ia querer pôr na carta que escrevi aos primos que estavam em Portugal e não assistiram aos dias de guerra em Luanda

a cidade andava cheia de silêncios

nessa noite recebemos notícias dos familiares e, cada um nos seus bairros, estavam todos bem

estórias que íamos acertar no próximo fim-de--semana, com os amigos, os da minha rua, os da escola, os dos outros bairros

nos meses a seguir, a nossa vida foi contar: cada um contava, todos contavam, juntávamos versões para saber da cidade, e dos mortos, e das tristezas, e afinal em guerra as pessoas também ficavam diferentes, como

disse a camarada professora de português quando recomeçaram as aulas
— as pessoas ficam cruéis durante a guerra
vizinho já não era vizinho, amigo já não era amigo, olhar já não era ver
quando a camarada professora pediu, em fins de mil novecentos e noventa e dois, para fazermos uma redação sobre os dias da guerra
nós não aceitámos
— não aceitam...?
a camarada professora perguntou devagarmente
— não é não aceitar, camarada professora — um colega falou — é não querermos ainda falar disso.

agora lembrei melhor
— tudo na guerra é desigual
foi esta a frase do tio Joaquim, na varanda, nesse ano, numa sexta-feira que foi até terça, de manhãzinha em Luanda:
com o bebé, éramos seis.

agradeço, devagar, os olhares atentos de c. mbinji,
z. coelho, a. muraro, m. otoni;

o livro do deslembramento foi composto a partir de
memórias que derreteram ao sol. ou não. por vezes,
depois do sol, vem o silêncio que fala e que conta.

depois do silêncio vem o riso, como diria o tio victor.
para vivermos de novo.

Este livro foi impresso em julho de 2022,
na Gráfica Assahi, em São Paulo.
O papel de miolo é o pólen natural 80g/m²,
e o de capa é o cartão 250g/m²
A família tipográfica utilizada foi a Vollkorn.